EMMANUEL CAUCHY

Frisson fatal

Glénat

Toute ressemblance avec des personnes
existant ou ayant existé serait purement fortuite.

Bio…

Médecin du secours en montagne à Chamonix, **Emmanuel Cauchy** exerce parallèlement aux Hôpitaux du Mont-Blanc et coordonne les activités de l'Institut de formation et de recherche en médecine de montagne (IFREMMONT), dont il est le fondateur.
Guide de haute montagne, le Dr Cauchy a participé à de nombreuses expéditions sportives ou scientifiques sur tous les sommets du monde, associant alpinisme, recherche médicale et interventions d'urgence.
Manu Cauchy est également auteur et réalisateur de films documentaires fictions (*Cold* et *Hypoxia*, diffusés en 2007 et 2008 sur Arte).
Et quand il n'est pas derrière la caméra, il est sollicité comme conseiller scientifique ou pour assurer l'assistance médicale de films de cinéma (*Himalaya, l'enfance d'un chef*, James Bond *Tomorrow Never Dies, Les Rivières pourpres*). Enfin, à ses heures perdues (!) et sous le pseudonyme « Docteur Vertical », il a longtemps écrit chroniques et reportages pour les magazines *Vertical* et *Alpinisme et Randonnée*, avant de signer le livre *Docteur Vertical* (Glénat, 2005), traduit en plusieurs langues, puis *Petit manuel de médecine de montagne* (Glénat, 2007), *Médecin d'expé* (Glénat, 2009), *Petit manuel de médecine de bord* (Glénat, 2010).

Hôpital de Chamonix, printemps 2020

Non, l'hôpital de Chamonix n'est pas mort. Destiné à être rayé définitivement de la carte à cause de contraintes sanitaires et sociales qui font que tout doit être rassemblé dans de grosses structures centrales, il a pourtant su renaître de ses cendres. Pourquoi ? Parce que ce petit hôpital au pied du mont Blanc, monté de bric et de broc, est bourré d'irréductibles et d'incorruptibles guerriers de l'abnégation. Abnégation des règles protocolaires, de l'administrativement correct, de la standardisation consensuelle, des règles de traçabilité et de validité nationale, de l'ignorance des technocrates aux commandes. Lutte contre l'écrasement de la médecine intuitive. Épuisés, déchus, certains sont partis : ceux qui montèrent la garde au tout début, au temps où la médecine était sacerdoce, où les acteurs ne comptaient pas leurs heures et savaient donner de leur âme pour sauver l'autre. D'autres arrivent, restent et continuent, encore naïfs, mais gonflés d'énergie…

L'hôpital de Chamonix résiste !

Un hôpital dans la montagne

La porte du corridor s'ouvre brutalement, comme sous l'effet d'une explosion, laissant s'engouffrer violemment un nuage de poussières chargé de brindilles et de pousses printanières. Le vacarme des turbines s'amplifie rapidement, couvrant en quelques secondes la sérénité du service qui vaquait tranquillement à ses occupations matinales quelques minutes plus tôt. « Hélico ! » hurle Josiane, pas affolée pour autant.

« Jamais, ils ne préviennent ces idiots ? » braille Charlotte, accroupie au pied du placard des consommables dans l'office de soin.

Ce disant, elle se relève difficilement, gênée par la rondeur de ses formes, et se cogne le haut de la tête sur le tiroir anguleux qu'elle avait oublié de repousser deux minutes plus tôt.

Josiane, trop contente d'interrompre momentanément son travail sacerdotal d'entretien de surface, s'arc-boute sur la porte afin de repousser la tornade qui tente de se frayer un passage, puis vient coller son nez sur la vitre, à l'affût de ce qui va bien pouvoir descendre de la nouvelle machine de guerre bleu et blanc. Le reflet que lui renvoie la vitre du pilote ne lui permet pas de l'identifier, mais supposant qu'il pourrait s'agir de Gilbert, le copain de son ex qui est secouriste, elle esquisse un coucou de la main à tout hasard. Son visage rond et bien nourri est chargé d'émotion. C'est qu'elle ne peut pas se retenir quand elle voit toute cette énergie déployée pour sauver des vies. Josiane est comme ça… à fleur de peau, entière, nature et gourmande.

« Tiens, c'est le bleu aujourd'hui ? » s'interroge-t-elle à voix haute, comme pour justifier une quelconque implication dans l'organisation complexe du secours en montagne à Chamonix.

Charlotte sort du poste central, ébouriffée, en se frottant le haut du crâne, deux perfusions de glucose dans les mains, ne sachant plus trop bien ce qu'elle est censée en faire.

« Josiane, elles sont parties réceptionner ?

– Qui ça ?

– Bah, les filles !

– Ben, j'en sais rien. Dis, t'as vu… c'est les bleus. Tu crois que c'est Gilbert qui pilote ? »

Charlotte soupire un grand coup et repart en courant vers le hall, un brin exaspérée. « On s'en fout que ce soit Gilbert ou Gaston, ce que je voudrais savoir, moi, c'est si les filles sont sorties avec le brancard pour récupérer le blessé ! »

Josiane hausse les épaules, plutôt blasée, avant de continuer pour elle-même : « Je parie que c'est Gilbert ! »

Charlotte court dans le couloir et enfonce vigoureusement la porte battante qui délimite le service des urgences, bille en tête. Cette porte a tendance à se coincer depuis quelque temps. Une DT (demande de travaux) pour la graisser a été faite depuis deux mois au service technique, mais faut croire qu'il y a plus urgent. D'après Charlotte, c'est un gros panneau « DANGER » qu'il aurait fallu poser depuis longtemps. On n'est pas dans un resto ici, où les serveurs sont habitués à la procédure : porte de droite pour rentrer, porte de gauche pour sortir… Dans ce service, tout le monde y passe : blessés, familles, personnel s'emplafonnent régulièrement en se gourant de côté ! « Qu'est-ce qu'ils attendent pour installer une porte coulissante à faisceau optique avec reconnaissance vocale et empreinte rétinienne ? se demande-t-elle en plein délire. Bon, Sabine et Flo, où se sont-elles encore barrées ces deux-là ? Toujours cul et chemise… en train de se fumer une clope et se raconter des histoires de mecs ! » Elles sont de permanence avec Charlotte jusqu'à vingt heures. Avec un temps pareil et l'heure d'été qui vient de leur tomber dessus, ça ne va pas chômer !

C'est le choc ! Poussé par Sabine, le brancard, prêt à s'écrouler sous le poids d'un Américain de plus de deux cents livres[1], s'en revient justement à contresens de l'ère d'atterrissage. Flo suit en traînant une paire de skis bien trop larges pour elle. C'est vrai qu'elle n'est pas bien haute la Flo, pas prête de lui piquer ses Black Crows à l'Amerloc… Des skis de poudre, des fats de deux mètres. Elle qui ne dépasse pas le mètre soixante… Quelle idée de skier avec des engins pareils !

1 - Plus de 90 kg.

« Ça, c'est pas des vrais skis ! commente Séraphine Ducrotet qui poireaute en salle d'attente depuis une bonne demi-heure. C'est des trucs pour ceux qui savent pas skier, hein ? » Cela fait bien longtemps que Séraphine Ducrotet n'y connaît plus rien en ski, vu que la dernière fois qu'elle a skié, ça devait être dans les années soixante-dix sur des Rossignol Strato, les skis de Jean-Claude Killy. Mais elle est de la vallée et cela lui suffit pour la ramener. Flo la regarde d'un air entendu, grimaçant de douleur sous le poids des engins.

Comme à son habitude, Séraphine a trois quarts d'heure d'avance sur son rendez-vous, ce qui énerve toujours un peu les filles du matin, qui aiment bien être tranquilles pour prendre leur petit déjeuner. La mère Ducrotet reprend sa place et son *Gala* en jetant un coup d'œil à travers la baie vitrée. La machine vient juste de redécoller et ça l'amuse de voir l'engin faire autant de vent dans les arbres. Voilà bien trois semaines que ça dure. Des pansements tous les deux jours pour une plaie à la jambe. Incicatrisable, qu'ils disent, du parchemin. C'est l'âge à ce qui paraît ! C'est aussi l'âge où l'on se prend les pieds dans le tapis. La dernière fois, son chien lui a coupé la priorité. Là, elle n'avait aucune excuse valable, excepté un petit coup de génépi dans le nez, pas de quoi fouetter un chat !

Charlotte freine des quatre fers.

« Bah, vous étiez au courant ? s'étonne-t-elle en esquivant de justesse l'angle du brancard.

– La vallée Blanche, un genou… le premier de la journée ! fanfaronne Sabine.

– Pourriez prévenir, je me suis pris le tiroir sur le crâne !

– On savait pas, le brancard était déjà dans le sas… Pas de perte de temps, on est opérationnelles, nous ! » rajoute-elle, trop contente d'avoir pris Charlotte de court.

Le téléphone du poste central sonne désespérément à l'autre bout du service, obligeant Charlotte à repartir en courant dans l'autre sens pour répondre. Josiane a ressorti la tête par la porte-fenêtre donnant sur la DZ[2] de l'hôpital et regarde la bête s'envoler lourdement, son Gilbert aux commandes.

« Surtout, ne réponds pas Josiane ! insiste Charlotte.

– …

– Les urgences, j'écoute ?

– C'est le PGHM, l'hélico va vous déposer un genou de la Vallée Blanche ! annonce un planton à l'accent pyrénéen particulièrement prononcé.

– Merci, c'est fait. Il est déjà en salle de radio, ironise-t-elle un peu essoufflée quand même.

– Ah, désolé, c'est la nouvelle machine… Trop rapide !

– OK, merci… Ah, au fait ! c'est qui le pilote ? demande-t-elle.

– Vince. Il est déjà bien remonté, gaffe… Pourquoi ?

– Comme ça, pour savoir. »

Jacob, manipulateur radiologiste en chef, lui, finit tranquillement son café dans l'arrière-cuisine. Il a mis sous tension sa développeuse, en prévision d'une journée de

2 - Dropping Zone : zone d'atterrissage.

traumatologie qui s'annonce fertile. Un rituel qu'il pratique depuis de longues années. La vieille machine à griller les squelettes ronronne, heureuse de retrouver son maître fidèle du lundi matin… Pour Jacob, ce rituel consiste tout d'abord à faire chauffer la bête, qui n'est pas née de la dernière guerre, puis vérifier que son prédécesseur du week-end ne lui a pas réservé quelques surprises. Enfin, aller préparer le café pour le petit déjeuner. Manipulateur en radiologie : voilà un beau métier qui mérite d'être vécu. Trente ans de service, quatre mille cinq cent cinquante-sept radiographies de genoux de face et de profil, trois mille deux cent soixante-treize de chevilles, sept mille cinq cents ASP (abdomens sans préparation), huit mille neuf cent trente-deux clichés thoraciques dont les trois quarts non justifiés, si ce n'est rassurer les patients angoissés. Jacob avait bien tenté d'expliquer qu'on faisait beaucoup trop de radios pour rien, mais quand c'était pas le toubib qui les demandait pour rassurer le patient, c'était le patient qui les demandait pour rassurer son conjoint, quand c'était pas le conjoint lui-même qui les demandait pour rassurer le patient, ce qui, du coup, rassurait le toubib. Bref, pour Jacob, la radio, c'était finalement comme une assurance qu'on payait pour rien, mais qui lui assurait un job. Il avait donc pris la décision de les faire sans rechigner, bien qu'il n'en pensait pas moins.

Resté sur sa faim après une brève tentative de Sudoku, Jacob décide de se replonger dans les mots croisés d'un vieux *Télérama* qui traînait par là. Rien ne vaut les bons mots croisés de *Télérama*.

« Jacob ?

– Oui ? » répond calmement Jacob sans lever le nez de son magazine.

C'est Charlotte qui revient à la charge. Elle arrache sauvagement un morceau de la baguette que Jacob a rapportée de chez la boulangère, la sépare en deux morceaux avec ses pouces sans prendre la peine d'utiliser le couteau et y répand une bonne couche de rhubarbe. En mordant dedans, la rhubarbe dégouline et tombe mollement sur sa blouse repassée du matin…

« Et merde ! ma blouse !

– Ah, bravo ! murmure Jacob, toujours concentré sur sa ligne de carreaux vides.

– Oh dis, c'est moi qui l'ai faite, j'ai bien le droit d'en mettre où je veux ! rétorque-t-elle aussi sec.

– Quel gâchis… Tu connais la chanson ?

« La confiture ça dégouline, ça passe par tous les trous de la tartine, c'est dégueulasse, ça laisse des tr… »

– Jacob, t'as un genou en salle 3 ! le coupe-t-elle sans complexe, et deux radios pulmonaires qui descendent de médecine.

– Mouais, j'en étais sûr… Encore des radios pourries du week-end qui traînent. Si au moins il prenait le temps de les regarder, l'autre là-haut ! » maugrée-t-il de mauvaise foi, sachant pertinemment que s'il y a bien une chose que l'on ne pouvait pas reprocher à Kamel, c'était d'ignorer les résultats des examens complémentaires qu'il demandait. Il était plutôt du genre obsessionnel et méticuleux, le Kamel, quand il s'agissait de ses patients. À croire qu'ils lui appartenaient, eux, les infirmières et tout le service avec. Le service de médecine interne, c'était SON service, le meilleur, le plus beau, etc.

Avant de se jeter mollement sur le travail, Jacob avale trois bonnes gorgées de café noir et demande insidieusement :

« Dis-moi, Charlotte, toi qui as une cervelle de moineau : *Oiseau recherché pour son duvet* en cinq lettres ?

– Imbécile ! Je ne sais pas moi : canard ?

– En cinq lettres, j'ai dit.

– Poule, propose Enzo, qui vient de faire son apparition derrière Charlotte, la mine détruite par sa nuit de garde.

– N'importe quoi ! « se désespère Jacob. »

Enzo se dirige vers la cafetière comme un automate. Les yeux bouffis, il ne voit qu'elle, ne pense qu'à elle, en attendant mieux. Enzo devrait savoir qu'une cafetière de service est toujours branlante et capricieuse, prête à tout pour vous flanquer de mauvais poil dès le matin. Et puis, on est dans un service public : il faut attendre qu'elle ait rendu l'âme pour en racheter une, avec l'argent de la boîte noire. Pleine d'attention, Charlotte avait remis un peu d'eau en voyant qu'il en manquerait pour les autres. En l'absence de filtre à café, Jacob n'a pas trouvé mieux que d'utiliser deux compresses de gaze qui débordent de chaque côté. Ce n'est pas la première fois que cette bidouille est adoptée et ça fonctionne plutôt pas mal. Par contre, la règle est de ne jamais enlever le récipient avant que toute l'eau ne se soit écoulée. Voilà ce que Enzo ignore puisqu'il est nouveau et, de surcroît, maladroit de naissance.

« Eh ! Non ! » s'affole Charlotte.

Trop tard, le liquide brun s'écoule le long de la porte du Frigidaire en s'insinuant dans les caoutchoucs des joints.

« Désolé ! murmure Enzo, visiblement peu impressionné par le regard noir que lui lance Charlotte. J'ai pas les yeux en face des trous ce matin. Ils m'ont pas lâché de la nuit, les salauds.

– Ils ne sont pas prêts à te lâcher, je te rassure. T'as signé, t'es foutu… Vont revenir, fais-moi confiance, dit Jacob. Les alcoolos, ça ne manque pas, en plus c'est la pleine lune. Il ouvre la fenêtre pour aérer la pièce. En gros, t'as deux types d'alcoolos : ceux qui se pointent de bonne heure le soir et qui veulent te casser la gueule, et ceux qui viennent s'échouer en fin de nuit, comme des vieilles baleines fatiguées sur le bord de la plage.

– Ouais, c'est un peu ça, admet Enzo, j'ai dû faire le tour du rayon cette nuit alors. L'ennui, c'est qu'il faut quand même les rafistoler, non ? Ils s'arrangent bien les gaziers.

– C'est ça, ajoute Jacob. Et surtout, faire des radios inutiles, comme d'hab. C'est complètement débile, puisque de toute façon ils finissent par mourir, soit d'une hémorragie digestive, soit d'un sous-dural[3]. Une fois de plus, je vous le dis… pourriez me laisser dormir ! »

Enzo l'observe par-dessus le bord de sa tasse, émergeant petit à petit des brumes matinales.

« Le seul avantage de cette histoire, continue Jacob, c'est que c'est l'idéal pour se faire la main… »

3 - Hématome dans le cerveau.

Enzo sourit, un peu gêné.

« Si, si, tu vas voir, y'a pas mieux pour s'entraîner sur les arcades sourcilières, confirme Patt qui vient de pénétrer dans la pièce. De toute façon, viendront pas se plaindre. Pour les certificats de coups et blessures à rédiger, c'est pas la peine de t'énerver, puisqu'ils ne se rappellent même plus qui leur a cassé la gueule ! Et pour cause, deux fois sur trois, ils se la sont cassée tout seuls. D'ailleurs, ici, la nuit, on ne passe pas trop de temps à discuter avec eux, c'est peine perdue. À trois heures du mat', c'est ni l'heure ni le lieu pour faire de la psychothérapie. Si je peux te donner un conseil, tu les renvoies au lendemain matin, et tu verras… y'en a pas un sur dix qui revient te casser les couilles.

– J'ai comme l'impression que c'est pas trop vos copains, les bourrés, dit Enzo en finissant sa tasse.

– Pas vraiment, confirme Patt. Au début, comme toi, ils me faisaient un peu marrer. À la fac, on nous avait dit qu'il fallait essayer de les comprendre, de compatir, de prendre ça comme un appel au secours. Et puis, on nous a dit de faire attention, parce que si c'étaient les premiers à se laisser crever dans le caniveau, y'avait toujours de la famille pour ressortir de nulle part et vous foutre un procès au cul. Mais maintenant, c'est fini. Je préfère aller en taule. Quand tu leur as sauvé dix fois la mise, que tu t'es mis en quatre pour les sortir du trou et qu'ils reviennent encore et encore en te vomissant dessus, tu finis par craquer.

– Et puis, moi, reprend Jacob, je ne supporte plus leur haleine de chacal le matin ! Ça fait tourner mon café. Ils ont beau repartir la queue entre les jambes en s'excusant et en promettant qu'ils ne recommenceront jamais, faut pas les croire ! Promesses d'alcoolique, programme politique, même combat : rien que des conneries. »

Un chouïa perturbé par cet acharnement, Enzo ne relève pas, d'autant plus qu'il reprend goût à la vie depuis quelques minutes. Les relents nocturnes s'estompent. Son regard ne quitte pas la demi-baguette qui reste sur la table. Puis, d'un geste maladroit qu'il aurait voulu plus discret, il la chipe sous le regard désespéré de Jacob, qui voit ses provisions disparaître. Sans plus attendre, le monstre s'empresse d'étaler le reste du pot de rhubarbe sur trois bons centimètres de beurre et l'engloutit sans vergogne. Faut dire qu'Enzo, il bouffe ! Tout est grand chez lui, une vraie armoire à glace. Jacob se dit que ce garçon a probablement poussé trop vite et se demande bien comment il va pouvoir adapter son envergure à l'espace plutôt restreint de ce service d'urgence étriqué. Interne de premier semestre tout juste sorti de son CHU, le voilà livré à lui-même dans la jungle périphérique. Un petit hôpital plutôt caractériel : hôpital de campagne ? Non, pas vraiment. Hôpital de guerre ? Plutôt, oui. Un hôpital où les armes doivent être déposées à l'entrée. Ici, protocoles et polycopiés indigestes peuvent être incinérés sans complexe ou recyclés pour servir de pâte à mâcher. Rien que les mains, les yeux et du nez, un grand nez. Pour ça, Enzo est équipé. Ici, tout est dans le feeling, pas le temps de réfléchir, il faut faire des choix et vite.

« Cette nuit, j'ai bien cru que je n'allais pas m'en sortir, articule Enzo, la bouche encore pleine. D'un côté, les flics qui me harcelaient pour signer un papier que je voyais pour la première fois. Une mise en garde à vue, à ce qui paraît… Voulaient pas comprendre que j'avais pas le droit de le faire. Je suis interne moi !

– T'as fait comment ?

– Et de l'autre, les pompiers qui larguaient alcoolo sur alcoolo à la chaîne.

– Bon, t'as fait comment ?

– Ben, j'ai fini par réveiller Austin. Un peu grincheux, à trois heures du mat'… Toujours comme ça ?

– Pas pire que moi !

– Ça promet… »

Enfin rassasié, Enzo se lève et se dirige vers l'évier pour laver son bol. En voyant ce grand gaillard voûté et taillé comme un lanceur de marteau grec le dépasser de dix têtes, Jacob se dit que ce dernier doit quand même faire un peu peur aux filles. Heureusement qu'il a cette voix de soprano, une petite note de douceur dans un monde de brutes…

Grand Chef rétrograde brutalement. La Lancia se cabre, surprise par ce manque d'adhérence, et patine un peu sur la route encore mal déneigée. Perdu dans ses pensées et pas encore totalement remis de sa nuit, il a bien failli rater l'entrée du parking de l'hôpital, son hôpital à lui depuis plus de vingt ans. Jacques-Henry Vidal, dit « Grand Chef », tient son surnom autant de sa stature hiérarchique que de sa taille. À cela, il faut ajouter une imposante sagacité et un don particulier pour la repartie qu'il sait utiliser à merveille quand il s'agit de déstabiliser une proie un peu trop agressive. Le Dr Vidal a dû être élancé dans sa jeunesse, mais l'embonpoint le gagne peu à peu depuis que la montagne a décidé de le rejeter. Jacques-Henry est doté d'un quotient intellectuel au-dessus de la moyenne. Il le sait, ne se gêne pas pour dire qu'il le sait et qu'il emmerde tout le monde, en particulier ceux qui le traitent de pédant. Son *curriculum* médical est impressionnant, mais peu original en fin de compte. Parcours élégant, irréprochable et sans faille sur les bancs de l'université Claude-Bernard à Lyon. Thèse de six cent cinquante-deux pages avec mention spéciale du jury, présentée vaillamment à une brochette de professeurs aussi émérites qu'assoupis. La plus grande partie de son apprentissage s'est déroulée dans le sillage des grands patrons parisiens, ceux qui savent et font en sorte de le faire savoir pour justifier leur pedigree. Dans un premier temps, se dotant de tous les atouts nécessaires pour exceller dans la spécialité, ses aspirations l'ont envoyé se battre et jouer des épaules sur les rangs des futurs chefs de clinique de la Salpêtrière, afin d'être en mesure de décrocher une habilitation à diriger des travaux de recherche plus rapidement que les autres et une éventuelle agrégation précoce. Mais la montagne l'a rapidement détourné de sa trajectoire. Quand il était petit, ses parents l'avaient emmené dans de longues marches galères pour lesquelles il aurait dû conserver tout sauf de l'attrait.

Et pourtant… Sa petite amie, qu'il lui avait été si facile de séduire à l'internat, l'avait proprement largué après cinq ans de bons et loyaux services : elle n'avait pas l'intention de jouer les potiches toute sa vie pendant qu'il partait s'exalter dans les Alpes à la fin de chaque semaine, quand il n'était pas de garde.

Ce matin, Jacques-Henry n'a pas les idées bien en place. La nuit, interrompue à deux reprises, a été agitée. Deux entrées en soins intensifs pour lesquelles il n'a pas jugé bon de se déplacer. Depuis qu'il y a des médecins seniors aux urgences, il vient moins souvent. Bien qu'il ait du mal à l'avouer, Grand Chef est obligé de reconnaître que ça lui arrange bien la mise. Médecin « senior », quelle connerie pourtant… Ici, on n'est pas dans la série télé *Urgences*. On n'ouvre pas des thorax avec des scies Stryker pour masser des cœurs en état de choc à pleines mains. À Chamonix, les infirmières n'ont pas de nichons siliconés et elles ne vous tombent pas dans les bras toutes les cinq minutes en s'évanouissant. Elles ont plutôt tendance à vous envoyer balader. Lui, les seniors, ça l'avait barbé. Leur filer des responsabilités alors qu'ils n'avaient pas le dixième de son quotient intellectuel le rendait soucieux. Il a l'obsession du travail bien fait et ne peut se résoudre à l'idée que quelqu'un d'autre puisse le faire mieux que lui. Grand Chef s'était tout d'abord farouchement opposé à les considérer comme tels. Comment imaginer qu'un pauvre type, tout juste sorti des bancs crasseux de la fac, puisse à la fois soigner des grippes à deux balles et faire de la réanimation de pointe ? Pourtant, Grand Chef avait fini par reconnaître qu'ils pouvaient être utiles, au moins la nuit. Ça lui permettait de récupérer un peu.

La gomme du pneu parvient finalement à mordre sur le trottoir miraculeusement déneigé à cet endroit. Grand Chef envoie la sauce, remonte l'allée bruyamment et contourne la *dropping zone*, coincée entre deux murs et trois sapins, pour venir terminer sa course devant la pancarte « Réservé aux médecins ». Il ouvre la porte pour s'extraire et tombe nez à nez avec *Eagle Four* (traduire « y gueule fort »), qui sort de sa BMW noire et rutilante « four motions » : Kamel Zaroud, le dernier dieu vivant de la médecine interne de proximité, chef de service en poste depuis plus de treize ans. Kamel a l'air bien luné ce matin :

– Salut Jack ! (Son diminutif préféré pour son frère d'armes, ça fait cool…) T'as toujours pas craqué pour changer ta Lancia de rital ?

– Fais pas chier, si c'est pour me refiler ta BM de *looser* à cinquante mille boules, tu peux circuler. J'ai pas envie de passer pour un trou du cul, figure-toi, surtout à Cham', je risquerais d'y laisser quelques éraflures sur ta peinture en titane.

– Bah, au moins ça accroche des quatre pneus. Ça peut dépanner, l'hiver ! » argumente Kamel, sans se démonter. C'était leur façon habituelle de se saluer le matin avant de commencer la journée.

Grand Chef replonge par-dessus l'appui-tête de sa Lancia pour aller pêcher sa sacoche qui traîne sur la banquette arrière. Sa porte arrière a la fâcheuse tendance a mal fermer en hiver, malgré la silicone qu'il s'évertue à étaler sur les joints en caoutchouc fatigués. Pour ne pas avoir à l'ouvrir devant Kamel et lui donner une occasion supplémentaire de se foutre de lui, il décide de récupérer sa mallette par l'avant, en s'affalant sur l'appui-tête. D'un juron étouffé, il l'arrache du bout des doigts et ressort en claquant la porte, puis emboîte le pas à Kamel. Ce dernier lève exagérément les pattes à la façon grotesque d'un héron pour éviter que la neige n'entre dans ses mocassins.

« Tu sais que t'as l'air ridicule avec tes pompes ?

– Quoi ? Kamel s'immobilise, croyant avoir mal entendu.

– Je dis, tes chaussures, c'est de la daube…

– Tu rigoles, des Fratelli Borgioli…

– Ouais, ben, dans la neige, ça vaut pas un clou. Plutôt que de te payer des Fratelli Borgioli-machin-truc, tu ferais mieux de t'acheter une Lamborghini et foutre ta BM à la casse. La Lamborghini, au moins, ça tient la route !

– Tu rigoles ! Et la garde au sol alors ?

– Je te signale que Lamborghini fait aussi des tracteurs, c'est bien dans la neige ! »

Kamel trouve la réplique amusante pour un début de matinée de printemps. Et comme cela n'entame en rien sa bonne humeur, il décide de ne pas renchérir, surtout qu'il a une petite faveur à demander et que ce n'est pas gagné. Il reprend sa démarche caricaturale et change subtilement de sujet de conversation.

« Dis donc Jack, je vais devoir te refiler la mère Cazenave aujourd'hui, j'ai besoin d'une voie centrale[4] ! » déclare-t-il

4 - Cathéter intraveineux profond.

en pénétrant dans le hall. Il tape énergiquement ses deux pieds sur le carrelage pour faire tomber la neige de ses bas de pantalon en velours côtelé. « Elle ne va pas super depuis hier soir, j'ai peur qu'elle ne passe pas l'hiver la fifille des Pècles.

– J'ai pas de place et tu sais très bien les poser toi-même !

– Tu sais bien que je n'aime pas faire ça là-haut. J'ai une très grande confiance en toi et en ta dextérité mon cher ami, rajoute Kamel, un brin trop flagorneur pour être pris au sérieux. En plus, j'ai deux cruches aujourd'hui pour m'aider.

– C'est pas gentil de traiter les infirmières de ton service comme ça. Moi, je les trouve bien courageuses de te supporter toute l'année. Rien que pour ça, elles mériteraient une promotion.

– Tu parles de Sheila ? Elle m'adore, glousse-t-il. (Sheila, une de ses plus fidèles infirmières, surnommée ainsi à cause de la laque dont elle s'asperge les cheveux tous les matins, comme les grands-mères des années soixante-dix.)

– C'est ça, elles t'aiment toutes, je sais. Remarque… Sheila, je te la laisse, ajoute-t-il après un bref instant.

– Bon, tu m'appelles ?

– Mouais… »

Parvenus dans le hall d'entrée, ils partent chacun rejoindre leur antre : l'un, en velours côtelé, vers les étages et l'autre, en pantalon Valandré fatigué, vers le couloir de gauche.

Josiane pousse son chariot pour faire place à Grand Chef qui lui adresse en retour un vague bonjour brumeux. Josiane aime bien madame Cazenave. Cette bribe de conversation qu'elle a attrapée au vol la laisse perplexe. Régine

Cazenave et ses boîtes de chocolats, qu'elle distribue avec parcimonie aux aides-soignantes qui viennent régulièrement faire sa chambre et sa toilette… Madame Cazenave habite route des Pècles, non loin d'ici, et compte parmi ces indéfectibles patientes qui passent leur temps à critiquer l'hôpital de Chamonix, mais qui, pour rien au monde, ne se feraient hospitaliser ailleurs. Des fois, Josiane aussi a le droit de déguster les chocolats de chez Ancey. Madame Cazenave est atteinte d'une maladie du rein, une « glomerulofrite » ou un truc du genre. Elle perd de plus en plus les pédales, et prend Josiane pour son ancienne femme de ménage en lui donnant des « Faites-moi ci, donnez-moi ça… » avec des airs de comtesse.

« Josiane, tu prends racine, ou quoi ? » l'interpelle rudement Gisèle, sans prévenir.

Josiane saute précipitamment sur son balai, arrachée à ses pensées.

« C'est que… je pensais à madame Cazenave.

– Quoi, madame Cazenave ? Qu'est-ce qu'elle a madame Cazenave ?

– Eh bien, le docteur Kamel a l'air de dire que ça va pas fort.

– Oui et alors ? reprend sa surveillante revêche. Madame Cazenave ne va pas fort depuis une bonne quinzaine d'années. Dès que sa belle-fille part en vacances quelques jours, elle nous refait le coup… Allez, au boulot ! Dans une heure ça va débouler ! »

Comme pour ne pas la contredire, une ambulance Pertuiz

s'enfile justement sous l'auvent des urgences et livre son premier client. Josiane reprend son balai serpillière et attaque énergiquement l'allée centrale pour rattraper son retard. Son balai serpillière… l'arme fatale du technicien de surface treizième génération, un engin extraordinaire capable de balayer et de laver en même temps : gain d'énergie, gain de temps et gain… de techniciens de surface. Un peu malgré elle, Josiane rêve à ce petit chariot tracteur qu'elle a vu à la télé, aux informations régionales. Elle n'aime pas bien ce qui est moderne, ça la bouscule. Mais là, quand même… On s'assoit dessus et ça vous nettoie les parquets en un clin d'œil ! Elle en a vu un dans l'autre l'hôpital, en bas. Ça donne l'air sérieux et au moins, on reste assis, peinard. Puis, se ressaisissant, elle jette un coup d'œil à son opulente poitrine en se demandant à quoi elle ressemblerait si elle s'arrêtait de faire de l'exercice…

Austin est dans le coma. Le bruit de la chaufferie, située sous les chambres de garde de l'internat, l'a harcelé toute la nuit. Une excellente idée d'avoir mis la chaudière à cet endroit… Vers quatre heures, à bout de nerfs, il a craqué. Un somnifère dans le placard, advienne que pourra, tant pis pour le SMUR[5] ! La fuite, le noir, l'assommoir comme il aime

5 - Alerte nécessitant la mise à disposition d'un médecin urgentiste pour intervenir sur un accident de la route ou sur une urgence médicale à domicile.

à le répéter. Ça l'a pris par-derrière, dans le cou. Au fond de ce trou, un son, un seul, celui de Miles. Quelques notes placées avec génie sur un subtil canapé de velours, syncopées et parfaitement asynchrones. Pourquoi ce son est-il le seul à percer les catacombes lugubres de son sommeil de plomb ? Fin de nuit difficile, garde pitoyable. Seule cette mélodie l'attire à la surface. Miles Davis, le maître. Un son mystique et envoûtant, qui vous suit pas à pas et vous colle à la peau comme un soir d'été bien humide. Son père l'avait initié très tôt à la musique de Miles. Il l'avait amené à l'apprécier, à en faire son refuge, son voyage initiatique. Ce n'est que plus tard, un soir de grande déprime, en tâtant l'objet brut et froid, qu'il avait vraiment fait le rapprochement. Ce bout de tuyau idiot enroulé sur lui-même, s'éternisant inutilement pour s'évaser stupidement en un cornet bruyant. Un bruit mal dégauchi que Miles, comme par magie, transcende en vertu acoustique d'une profondeur incroyable. Quelques notes, trois, pas une de plus, et c'en est fait.

Comme par désenchantement, l'alarme de sa montre prend le relais. Elle qui, d'habitude, ne le réveille jamais quand il faut, voilà qu'elle lui vole sa mélodie secrète ! Austin ouvre l'œil, celui qui n'est pas écrasé par le polochon et distingue, dans le flou hamiltonien du petit matin, un rayon de lumière qui force le passage à travers les rideaux mal ajustés de sa chambre de garde. Ne manquent que les adolescentes dénudées pour compléter le tableau de cet artiste tombé dans les oubliettes. Austin est myope, très myope. Dès son plus jeune âge, il a hérité de magnifiques montures à la Woody Allen, qu'il a bien tenté de troquer pour des montures plus subtiles, mais sans succès: trop brise-fer... Quant aux lentilles, pas la peine d'y compter. Pour lui placer quelque chose sur la cornée, l'ophtalmologiste a dû se fâcher. Impossible de tenir les paupières en place. Aucune chance qu'il y parvienne seul, qui plus est en altitude, lors de ses multiples ascensions. En quelques jours, les yeux irrités sont devenus inflammatoires, lui conférant le regard miséreux d'un lapin albinos. Ne lui restait plus que l'intervention chirurgicale. Austin savait qu'on était en mesure de lui proposer le laser et toutes autres sortes de techniques modernes. Mais, là encore, quelques contre-indications relatives lui ont barré le passage. Austin est donc très myope et le restera, à son grand regret, jusqu'à ce qu'on lui propose mieux. Du coup, son air un peu ahuri et ses cheveux rouquins lui valent le sobriquet peu original d'« Austin Power ». Quand on est ado, on prend les railleries en pleine figure et, finalement, ça vous colle aux basques *ad vitam eternam*. Il faut bien reconnaître qu'à cette époque épique, il faisait pas mal de bourdes. Ce garçon en a conservé une aptitude particulière à ignorer tout ce qui pourrait être identifié comme une offensive adverse ayant trait à sa physionomie, ce qui en déstabilise plus d'un. Imperturbable et obstiné, il trace sa route. Ses accoutrements sont hors du temps. Daltonien de surcroît, Austin a quelques problèmes à marier les couleurs et ne respecte pas franchement les standards de la mode, mais comme le destin ne peut être totalement injuste envers ses ouailles, Austin possède de très beaux yeux verts, un détail qui peut faire craquer les nanas au premier abord. Encore faut-il qu'il enlève ses hublots pour qu'on les remarque. Mais Austin est devenu « docteur Novak », au grand étonnement de ses vieux qui le voyaient terminer ses jours à casser du caillou dans une mine. Austin fait désormais partie des murs dans cet hôpital, et même si son outrecuidance agace certains, il peut compter sur l'affection profonde que lui portent quelques piliers de l'établissement, en poste depuis des lustres et que rien ne peut plus atteindre. Austin reste inexorablement attachant. Il est de ceux qui risquent, qui découvrent, de ceux qui tracent dans l'obscur et l'inconnu, insouciant et impassible aux regards obliques qui voudraient le détourner de son sacerdoce. Son sacerdoce à lui, c'est sauver les gens, et ça, depuis le premier jour, depuis son premier secours. Un secours qui restera gravé dans sa mémoire.

Austin n'avait que vingt-trois ans quand ce drame le frappa. En vacances avec une bande de copains dans les Dolomites occidentales, ils étaient partis explorer la Brenta. Austin était accompagné d'une de ses premières petites copines, à côté de laquelle, sur les bancs de la fac, il passait la majeure partie de son temps à faire l'intéressant… Ce qui était formidable avec Choline, c'est qu'elle savait rire de tout et n'était pas susceptible pour un sou. Austin se sentait totalement libéré avec elle. Son humour était déjà quelque peu énigmatique à l'époque et si on était mal dans sa peau, on pouvait facilement le prendre de travers. Choline était bien dans sa peau.

Au premier refuge, c'est lui que le hasard désigna. Lui,

encore mal dégrossi, quelques notions d'urgence en poche assorties du bel enthousiasme de l'interniste encore novice. Dix-neuf heures, les spaghettis et la sauce bolognaise volaient de gamelles en assiettes, le lambrusco de carafes en godets dans une atmosphère joviale. Certains hurlaient de ne pouvoir se faire entendre, les autres rigolaient à gorge déployée en s'envoyant des jurons : tout le monde semblait avoir des tas de choses à se dire mais personne ne s'écoutait vraiment.

Plongé malgré lui dans cette ambiance festive, Austin avait tout de même remarqué, du coin de l'œil, qu'il se passait quelque chose d'anormal. Au fond de la salle, un peu en retrait, trois Italiens s'affairaient fébrilement, enfournant pêle-mêle des cordes et du matériel d'escalade dans leurs sacs à dos. Une jeune fille était assise sur la droite, incapable de les aider, les yeux rouges et brillants. Elle était au bord des larmes. Le gardien s'était arrêté d'empiler les casseroles et s'entretenait avec quelqu'un au téléphone. À sa mine, on devinait facilement qu'il ne s'agissait pas d'un appel de routine. David, le copain d'Austin, était parti voir ce qui se passait. C'était le seul de la bande à baragouiner l'italien. Il était revenu trois minutes plus tard, un peu perturbé. Les deux frères de la fille qui se morfondait n'étaient pas rentrés de course. Jusque-là, rien que du classique ! Un rappel coincé, une erreur dans l'itinéraire… Qui n'avait jamais pris de retard en montagne ? Oui, mais le fameux sixième sens était de la partie. La fille était persuadée qu'il leur était arrivé quelque chose. Trois grimpeurs italiens du coin partaient à leur recherche. David, qui était toujours en quête d'aventures extraordinaires et que la jeune fille avait troublé, avait immédiatement proposé ses services, ainsi que ceux d'Austin. Fumé par le lambrusco, Austin s'était ainsi retrouvé catapulté dans la pâleur du soir qui tombait sur le calcaire gris et fragile de la Brenta. Après deux bonnes heures de recherche, n'y voyant plus grand-chose, ils s'étaient rassemblés pour faire le point. Ils avaient alors décidé de se séparer pour une dernière tentative au pied de la falaise. Et c'était tombé sur lui. Escorté d'un des trois Italiens qui portaient le matos, Austin avait suivi son instinct, qui allait devenir son meilleur allié dans les années à venir. Dans la pénombre, une grande cheminée noire avait capté son attention. Ça respirait la mort. En s'insinuant dans l'ouverture, il remarqua au fond, dans l'obscurité, le bout d'un sweat jaune qui dépassait. Il rampa en se contorsionnant jusqu'à saisir le morceau de tissu et tenta de le ramener vers lui. N'y parvenant pas, il se hissa sur le bout de rocher ventru qui en interdisait l'entrée, et ce qu'il découvrit le pétrifia. Le corps ensanglanté d'un adolescent de seize ans gisait là. Il était étendu, froid et immobile, le visage déformé par la violence du choc. Ses yeux pâles étaient encore ouverts. Jamais il n'oublierait le moment où il avait saisi ses chaussons d'escalade pour essayer de le tirer vers lui. Ils étaient neufs, comme tout le reste de l'équipement qu'il portait. Cet adolescent s'était tué alors qu'il faisait probablement de l'escalade pour la première fois ! L'autre groupe de sauveteurs avait fini par retrouver son grand frère, prostré en haut de la falaise, incapable de répondre aux appels. Trop content et trop fier d'emmener son petit frère découvrir ce que c'était que la montagne, il avait fait la plus grosse et probablement la dernière erreur de sa vie…

Qu'est-ce qu'un pilier ? Un pilier est un organe architectural sur lequel se concentrent de façon ponctuelle les charges d'une structure massive. Josiane est l'un des organes architecturaux les plus robustes de l'hôpital. Une masse inébranlable, dotée d'une résistance à toute épreuve. Un polygone de sustentation au ras du macadam, capable d'affronter les pires tremblements de terre ou glissements de terrain. Josiane, tout le monde la respecte, et même si Gisèle la houspille injustement, c'est elle qui mène la barque dans cette boutique. Josiane est également l'un des membres les plus actifs du fan-club d'Austin. Avec un amour quasi maternel, elle protège son petit rouquin d'une manière totalement irrationnelle. Son plus grand plaisir est de lui préparer ses tartines beurrées le matin, quand il sort complètement décoiffé de ses nuits de garde. Austin vient de fêter ses trente-cinq ans et reste célibataire du fait de sa liaison impossible avec Jamila, au grand désespoir de Josiane qui aimerait tant les voir ensemble un jour. Austin a réussi à bousculer Josiane, bien qu'il ne fasse pas le dixième de son poids. Sautant les étapes avec une rare innocence, il a su conquérir son cœur et venir à bout de ses faiblesses en moins de temps qu'il ne faut pour le dire. Jour après jour, elle a suivi ses tribulations, sans rien comprendre à cet art caillouteux qui en précipite plus d'un dans l'abîme. En quelques années, neige et roc ont perdu tous leurs secrets pour les mains d'Austin, devenues progressivement calleuses et rugueuses. Ce petit a réalisé une liste de courses à faire pâlir tous les Bonatti de la planète, et en toute modestie par-dessus le marché. « C'est Grand Chef qui l'a dit ! » explique régulièrement Josiane à sa petite meute. De l'Intégrale de Peuterey à la face sud du Fou, en passant par l'Eiger. Des sommets perdus à l'autre bout de la planète, affublés de noms mystérieux, aux grands standards qui représentent à eux seuls des musts aux yeux des novices. Et même les pentes sommitales de l'Everest vaillamment conquises, par l'arête nord de surcroît. Josiane, qui n'y connaissait rien, prétendait fièrement qu'il avait gravi « l'Himalaya ». Austin concédait y avoir laissé quelques neurones. Depuis son retour d'expé, il lui arrivait de confondre des visages et parfois de décrocher ou de perdre pied de façon inattendue. Il avait des absences. Dans sa bulle, largué, il reprenait le train en marche comme s'il avait raté le marchepied. Josiane s'inquiétait de le voir trop souvent plongé dans ses réflexions et pensait que ça finirait par lui jouer des tours. « Ce garçon est un érudit qui fait son chemin », prétendait-elle pour prendre sa défense, pas peu fière de pouvoir placer un mot savant dont elle connaissait le sens. Comme dans les grands films d'action américains qu'elle regardait un peu trop souvent à la télé, elle était persuadée qu'Austin serait l'homme de la situation si ça venait à se dégrader dans l'Alpe. Elle pensait toujours aux catastrophes naturelles et se disait que cela faisait bien longtemps que rien ne s'était produit dans cette satanée vallée.

D'un coup de pied, Austin dégage la couverture, trop lourde, au pied du lit, histoire de laisser respirer ses orteils. Vingt-quatre heures plus tôt, à cette heure de la matinée, il filait sur l'arête majestueuse du Grand Pilier d'Angle qu'il avait négociée en moins de sept heures par la *Gabarrou-Vallençant*. Comme toujours, il était avec Jose, compagnon de cordée catalan pur-sang, dégoté dans un bistrot anglais un soir d'été pluvieux. Une course esthétique, sauvage, blanche et harmonieuse. Corde tendue tout du long, ils n'avaient utilisé en tout et pour tout qu'une paire de broches à glace pour s'assurer dans les quelques longueurs délicates de la section la plus raide. La sortie par le sommet du mont Blanc de Courmayeur les avait transcendés. Un passage obligatoire qui laissait à chaque fois un peu de sa quintessence dans le cœur des récidivistes insatiables.

La redescente, pour être à l'heure au boulot, avait été expresse et les pieds gonflés qui pointaient sous les draps étaient là pour le lui rappeler. Austin saute de son lit et cherche ses lunettes à tâtons. Il faut qu'il s'asperge d'eau froide. Face au miroir, voyant ses yeux gonflés par les effets retardés de l'altitude, Austin opte pour une douche glacée, une façon bien à lui de relancer la machine. Sentir son corps réagir et hurler sous l'étau. Imaginer ses milliers de petits vaisseaux se contracter de concert pour activer le centre névralgique de son corps, lui donne instantanément la sensation de renaître.

Ses tribulations nocturnes lui reviennent à l'esprit, comme si le brouillard se dissipait. Les flics, un peu confus de le réveiller au beau milieu de la nuit, et Enzo le molosse, un excité norvégien délirant sous l'effet d'un mélange peu savant d'alcool et de marijuana. Austin avait salué à la sauvette les deux gendarmes excédés, irrités par les injures de l'interpellé. D'un coup de stylo résigné, il avait signé le bout de papier administratif pour que ce salopard aille terminer sa nuit au trou avant de repartir au lit sans le moindre commentaire. Il savait par expérience qu'il ne fallait surtout pas se laisser prendre au jeu. Sermonner, répliquer, négocier… n'avaient qu'une seule conséquence : faire monter son taux d'épinéphrine[6] et l'empêcher de retrouver le sommeil. Surtout, rester calme ! Le top du top étant de se recoucher comme si rien ne s'était passé. Il avait assez bien réussi cette fois. Tout ce dont il se rappelait, c'est l'insistance avec laquelle le plus gradé lui avait demandé de garder le forcené en observation pour le reste de la nuit. Pas question ! Austin s'était fait suffisamment avoir à ses débuts. Surveiller toute la nuit des abrutis incontrôlables, qui pico-

6 - Adrénaline

lent et foutent le souk dans les urgences, sous prétexte qu'ils auraient pu ingérer d'autres substances illégales, toxiques et dangereuses, ne faisait plus partie de ses devoirs moraux. C'était trop facile ! Les flics se déchargeaient en laissant aux infirmières de nuit un surplus de travail et une angoisse qui finissaient par les rendre complètement psychotiques. C'était sans compter qu'il avait lui-même bien failli plusieurs fois se faire casser la figure. Chaque nuit, le problème se posait. On essayait de se refiler la patate chaude, les uns jouant sur la responsabilité médicale des autres, et les autres sur le risque d'agression qui pesait sur le personnel et relevait donc des forces de l'ordre. Austin avait obtenu gain de cause pour le Viking impulsif. Et son somnifère n'avait rien effacé de cet épisode, ce qui n'était pas toujours le cas. Il y a quelques mois, pendant sa garde de nuit, Austin avait craqué vers trois heures du matin. Excité par le manque de sommeil, il avait avalé un comprimé de Stilnox pour récupérer quelques heures. Le lendemain matin… plus le moindre souvenir de sa nuit ! Ce n'est que trois jours plus tard, pendant les consultations, qu'un patient l'avait félicité pour son travail. Très satisfait, il exhibait sur son arcade sourcilière droite une plaie fraîchement suturée. Le travail était propre, bien fait et régulier. Austin ne se souvenait pas du tout en avoir été l'auteur. Pourtant, sur la fiche, c'était bien son écriture. Pour s'excuser de l'avoir dérangé à trois heures du matin, le bonhomme lui avait même ramené une bouteille de pinard…

Périades

Les Périades : une course de toute beauté. Voilà quelques années qu'elle en rêvait, Aline. On chope la benne à l'aiguille du Midi. Faut accepter de faire un peu la queue, de se faire marcher sur les pieds et de s'entasser parmi les dizaines de protagonistes qui se bousculent pour se faire la mythique vallée Blanche à skis. Ça empeste le parfum, la sueur et la crème solaire. Esquisser des sourires coincés à ceux qu'on connaît. Saluer des visages casqués de gigolos qu'on a dû voir quelque part : en caleçon sur la table de radio, en tablier dans une boutique ou en costard pour la messe du dimanche matin ? Difficile de ne pas se tromper. On se fait comprimer et peloter les fesses par de gros touristes pervers qui vous regardent de travers, surtout au départ, quand il faut entasser coûte que coûte les soixante bestiaux dans vingt mètres carrés. Il y a vraiment de tout dans cette benne. Montagnards ringards en chemise à carreaux, intellos relookés, vieux ridés coincés et pin-up tirées à quatre épingles. Deux jeunes Suédois, des *riders* de la mort complètement allumés, scrutent les minuscules couloirs de neige verticaux qui fuient vers les catacombes, pendant qu'une famille de Syriens s'extasie en voyant la neige pour la première fois et que l'inéluctable brochette de Japonais mitraille les vitres en plastique.

Une fois enfournés dans la benne, il ne reste plus qu'à attendre patiemment, skis à la main, sac à dos dans les pattes, que les portes s'ouvrent à plus de trois mille huit cents mètres d'altitude, déversant leur quota de pollueurs des cimes.

« Magne, Aline, sinon on va se taper la queue sur l'arête ! lance Zen, remonté comme une pile et suivi de près par Filou.

– Ouais, deux secondes, faut que je m'arrache ! »

Aline est coincée derrière deux alpinistes anglais bardés de matos et un groupe d'Allemands encombrants qui ne semblent pas prêts à se remuer. Tornado galère lui aussi en essayant de récupérer son sac, dont la sangle ventrale est coincée sous la chaussure d'un gros moustachu pas commode. Dans la galerie sombre et un peu lugubre qui conduit à la sortie, Tornado et Aline rejoignent Zen et Filou – dans les *starting-blocks* – en slalomant pour doubler les touristes qui marchent à petits pas sur le sol béton glissant. Profondément enfoncé sur son crâne, le bonnet de Zen est le même depuis cinq ans : vert légume, avec une visière cartonnée, le genre de couvre-chef ridicule qui ne retrouve sa prestance que s'il est porté par un gars du cru, bronzé et buriné comme il se doit.

Zen commence à s'énerver sur la corde emmêlée.

« Merde ! qui est-ce qui m'a lové ça comme ça, bon Dieu ? Plus je la démêle, plus y'a de nœuds ! gronde-t-il en jetant un regard noir à Aline.

– C'est pas moi ! » répond-elle, sur la défensive.

Agacée, Aline pose son sac et essaye d'en extraire sa veste. « Rattraper le temps perdu », qu'il a dit ! Bousculée par des colonnes de skieurs encordés qui s'étirent à la queue leu leu derrière leur guide pour sortir sur l'arête, elle tente de se rapprocher de Zen.

« Tu veux que je t'aide ? propose-t-elle prudemment, pour atténuer la tension qu'elle sent poindre chez son petit ami.

– Non ! »

La réponse, sèche comme un coup de trique, laisse Aline sans voix.

« Habille-toi et mets ton baudrier, on gagnera un peu de temps ! » renchérit-il, en se tordant les doigts sur un autre nœud.

De son côté, Tornado regarde avec dégoût les barres de céréales écrasées qu'il avait fourrées comme à son habitude dans la petite pochette de la sangle ventrale. L'autre imbécile a tout piétiné dans la benne ! Déjà qu'il n'est pas vraiment dans son assiette ce matin… Tornado est un beau gars qui ne passe pas inaperçu. Son objectif : devenir chirurgien pour partir sur le front avec une ONG. Commencer par un stage d'interne à l'hôpital lui a semblé idéal, puisqu'il paraît qu'en pleine saison c'est l'état de guerre dans la vallée. Il a les cheveux frisés, assez longs, et quand il ne se les brosse pas pendant plusieurs jours – voire plusieurs semaines, dans ses phases de grande évasion sentimentale et contemplative –, ça lui fait des sortes de tresses africaines, ce qui fait hurler le vieux Pestoux, chef de service du deuxième étage, celui de la chirurgie orthopédique. Surnommé « Prescouille », quand il est vraiment casse-couilles, Pestoux ne jure que par la rigueur et la ponctualité. Tornado a beau faire ce qu'il peut pour ne pas se retrouver à contre-jour, quand Prescouille voit ses boucles dépasser de tous les côtés du calot et ses pellicules atterrir sur le champ opératoire, ça le fait hurler… Mais, excepté Pestoux, la bouille de Tornado a le don de mettre les gens de bonne humeur. Ce matin, Aline s'est amusée à observer ses mèches rebelles s'échapper de sa casquette orange, qui ne tient que grâce à l'élastique de ses lunettes d'aviateur. Des lunettes qu'il a dû dégoter au Marché U. C'est la seule chose qui la console un peu de l'agressivité de Zen, avec qui ça ne va pas fort depuis quelque temps. Voilà près de trois ans qu'ils sont ensemble. Ils se sont rencontrés aux urgences. Elle, dans sa petite blouse blanche moulante, aux commandes de la console, lui en fâcheuse posture, allongé sur le brancard, une perfusion de morphine plantée dans le pli du coude. C'était le premier guide de la saison à se faire avoir en décembre. Une sous-couche encore insuffisante qui laissait apparaître çà et là des blocs de granit ou des plaques verglacées… Il s'était laissé emporter par son enthousiasme, trop content de pouvoir s'offrir quelques belles courbes avec un groupe de clients anglais, et aussi un peu pour faire le beau. Parti comme un boulet dans une combe, il avait accroché la carre interne de son ski gauche. Décrochage, glissade, ricochets sur le dos et… crac ! le bloc de glace sur lequel il avait terminé sa course ne l'avait pas raté. Deux vertèbres lombaires bien tassées, heureusement sans conséquence sur la moelle épinière : à quelques millimètres près, c'était la paraplégie flasque, la chaise à roulettes quoi ! Aline l'avait trouvé un peu chochotte au premier abord, à grimacer sans arrêt et à chouiner dès qu'elle lui glissait la plaque sous le dos pour prendre des clichés. Quand elle avait réalisé, au vu des négatifs, que les vertèbres étaient vraiment tassées, la compassion avait pris le dessus. En plus, c'était un guide, un beau guide aux cheveux brûlés comme elle en avait toujours rêvé. Quelques jours de pénitence – Zen immobilisé sur un plan dur dans un lit de chirurgie – avaient suffi à les rapprocher. Elle venait tous les jours le voir avec sa petite blouse blanche, prétextant des contrôles inutiles, un cliché de pouce par-ci, une radio de cheville par-là... Il avait senti le truc venir, le guide. Il avait reluqué discrètement ses petits seins fermes et le galbe de son corps tendre le tissu quand elle se baissait pour brancher la radio sur la prise de courant. Il aimait bien la regarder manier ses plaques et se déplacer autour de son lit, telle une libellule curieuse et à peine effarouchée.

Il est là, son beau guide musclé, dans la galerie humide de l'aiguille du Midi, à se battre pour délover un bout de corde qu'elle n'a pas su replier correctement la dernière fois qu'il la lui a confiée. Son beau guide au regard d'acier, qu'elle a serré entre ses jambes des nuits entières, assoiffée de sexe et de passion. Son beau seigneur qui perd patience, incapable de venir à bout de trois malheureux nœuds de corde. Où en est-elle avec son Zen ? Amoureuse, attachée, ou déjà loin sans le savoir ? Amour consommé, amour passé ?

Le vide est là, béant. Du sommet de l'arête, l'appréhension reprend ses droits. C'est la guerre, en dessous. Trop de monde sur ce rasoir fragile.

« Prends à gauche Aline ! On va les doubler, sinon demain on y est encore, aboie Zen, en bout de corde au-dessus d'elle.

– Deux secondes Zen, j'aime pas trop ce côté-là ! »

Aline rechigne à obéir. À sa gauche, mille mètres de vide et, tout en bas, Chamonix, qui rigole.

« Allez, je te prends sec, Linette. N'aie pas peur, vas-y, double ! »

Aline, amadouée par le diminutif que Zen aime utiliser quand il est bien disposé, tente de forcer le passage pour doubler une triple colonne de skieurs morts de trouille, ficelés les uns aux autres comme un chapelet de saucisses. Tornado et Filou, tout à fait autonomes et plus dégourdis, ont déjà disparu devant, en électrons libres.

Elle dérape un peu et pousse un cri, qui fait sursauter l'ancien, Augustin, guide à la Compagnie depuis plus de trente ans, légèrement grincheux.

« Tu peux pas y attendre toi, non ? Tu vas finir par y cubeller… de Dieu !

– On n'est que deux, répond timidement Aline, de peur de se prendre un coup de boule du vieux guide hostile.

– Salut Augustin ! » intervient Zen. Préférant la technique du rentre-dedans, il poursuit : « Tu vas pas commencer à gueuler dès le matin, quand même !

– Ah ! c'est toi Zen… tu peux pas y arrêter de doubler les gens sur l'côté ? Ça les effraie, les miens…

– On file, on fait les Périades… On est un peu justes sur l'horaire. Laisse-nous passer Augustin, y en a pour deux secondes.

– Ben tiens, vas-y, mais t'iras pas plus vite au paradis ! »

Augustin lève l'anneau de corde pour bloquer sa cordée comme s'il halait les rennes d'un cheval. Il se pousse de côté, en grognant, pour laisser filer les deux pressés sous l'œil réprobateur de ses clients. L'un deux, le regard plongeant sur les mille mètres de pente verticale et fuyante, lance alors une remarque pertinente et nourrie d'un sens très pratique :

« T'imagines, si y en a un qui glisse ? »

Moussoux

Austin a réintégré ses pénates au sommet des Moussoux, dans un petit chalet pourri qu'il a réussi à se payer quelques années plus tôt. C'est le seul investissement qu'il a pu se permettre. Toutes ses économies y sont passées. Dans quinze ans, il sera propriétaire, à condition qu'il ne se soit pas fait digérer par la masse, la grosse, la pansue qui gouverne et qui fait sa loi depuis ses quatre mille huit cent dix mètres de haut et ses soixante millions d'années. Tout est hors de prix dans cette vallée, où la population est hantée depuis des générations par les catastrophes naturelles : avalanches dévastatrices, villages engloutis, poches d'eau glaciaire qui explosent sans prévenir et coulées de boue meurtrières. Chaque mètre carré fait l'objet des convoitises les plus viles et d'opérations immobilières sans scrupule. Austin doit son refuge à Jeanne, sa factrice complice rencontrée dès son arrivée alors qu'il louait dans le quartier. D'entrée de jeu, elle lui avait proposé des petits câlins gratuits et malhonnêtes, en prime de son courrier. Cadeau de la nature. Sachant qu'il y avait une affaire à prendre, c'est lui qu'elle avait branché sur le coup en premier, sans hésiter, languissant de le voir s'installer définitivement dans son territoire de chasse. La bicoque appartenait à une petite mamie comique du coin, qu'elle chouchoutait depuis plusieurs années, et qui ne voulait surtout pas vendre à des « English », comme elle disait. Jeanne avait joué à merveille son rôle d'entremetteuse et négocié pour lui une offre défiant toute concurrence. C'est vrai qu'elle avait un peu usé de son guignolet, une arme illicite et fatale, pour laquelle elle savait que la mamie craquait facilement. Le guignolet, une liqueur à base de cerise, pas trop forte, qui vous descend dans le gosier sans brûler et vous remonte dans le cerveau sans pitié. Maintenant, c'est le repaire d'Austin, même si Jeanne estime qu'une partie lui revient. Un genre de nid pour célibataire dépossédé de tout espoir.

Austin est rentré ce matin en traînant la patte. Les lendemains de garde sont toujours un peu moroses. Pas assez crevé pour dormir et trop déglingué pour faire quelque chose d'utile. Contraint, il n'a pas eu d'autre choix que de se taper l'astreinte pour le secours en montagne. C'était au tour de Gaëlle, sa collègue de travail, mais elle avait dû prendre sa journée à la dernière minute. Son père s'était fait hospitaliser en urgence pour hémorragie digestive. Gaëlle entretenait peu de relations avec lui depuis quelques années. Rongé par la mélancolie, ce dernier s'était progressivement réfugié dans l'alcool et, malgré les multiples tentatives qu'elle avait initiées pour l'aider à s'en sortir, son père s'enfonçait, d'année en année, dans les ténèbres de l'addiction. Elle avait fini par renoncer et décamper le plus loin possible, ne supportant plus de le voir dépérir. Austin n'avait bien sûr pas eu le cœur à lui refuser ce dépannage. Heureusement, l'astreinte opérationnelle, c'était une façon d'être joignable et disponible rapidement en cas d'alerte sans être contraint de demeurer sur place à côté de l'hélicoptère. Ça lui laissait la possibilité de rester chez lui et de vaquer à ses occupations. Tout ce qu'on lui demandait, c'était de pouvoir se rendre à la DZ en moins de quinze minutes en cas d'urgence. Un système très pratique pour les administratifs, qui cherchaient par tous les moyens à faire des économies de bouts de chandelles ! Mais les jours de grand beau, comme celui qui se pointait, le massif pouvait se transformer en véritable champ de bataille en quelques heures. À cette époque de l'année, la vallée Blanche, qui regorgeait de skieurs, faisait une opération portes ouvertes sur son lot de crevasses affamées. Tout juste sorties de l'hibernation, ces dernières avaient grand faim et leur béance était là pour le rappeler. Le froid aussi pouvait encore mordre et, par vent du nord, s'attaquer sans merci aux oreilles gauches des skieurs sans bonnet qui descendaient l'arête de l'aiguille du Midi. On les voyait débouler aux urgences à l'heure du goûter, paniqués, avec le lobe en chou-fleur, persuadés qu'il allait pourrir et s'écraser par terre comme un fruit mûr. La neige de printemps et la chaleur montante attiraient les masses, beaucoup plus qu'en hiver où les citadins frileux ne voulaient pas prendre le risque de se faire congeler et finir comme l'homme de Similaun. Les jours de météo favorable, près de trois mille skieurs pouvaient se présenter au portillon, s'enquiller par dizaines entre les séracs du Requin et plonger dans les entrailles du glacier, totalement inconscients de ce qu'ils avaient sous les pattes ! Mais pour l'administration, la rentabilité passait avant la disponibilité. Un médecin d'astreinte à la maison, ça coûtait quand même moins cher que si l'on devait le payer à temps plein à l'hôpital ou à la DZ. C'est pour les arrêts cardiaques que la facture était plus lourde. Fallait juste patienter un quart d'heure de plus… Après tout, Austin en avait fait son deuil. Quelque part, ça l'arrangeait. Sa présentation pour le congrès de Zermatt était loin d'être prête, et ça le faisait flipper de penser qu'il allait devoir soutenir sa thèse bancale devant une bonne centaine de gros balaises de la spécialité. Après un café bien serré pour se rincer les neurones des résidus de Stilnox, il commencerait par une série de tractions sur sa poutre d'entraînement, histoire de se motiver, et se mettrait au boulot dare-dare pour rattraper son retard. Il pousse la porte, qui frotte par terre, en se promettant de faire quelque chose pour arranger ça dès qu'il aura un peu de temps ; serment complètement utopique vu la liste des choses qu'il s'était juré d'accomplir depuis une semaine et qui ne cessait de s'allonger. Patpanic roupille profondément sur la couverture en alpaga, souvenir mité du dernier voyage d'Austin sur l'altiplano bolivien. La nuit l'a profondément épuisée, elle n'a fait que dormir sans prendre un seul moment de pause, la pauvre… Pour information, Patpanic est la chatte la plus téméraire du quartier. Une porte qui s'ouvre, un mur qui craque ou une fourchette qui tombe, et elle détale comme un lapin. Pour avoir une chance de la caresser, il faut prendre la direction du vent et ramper sous le tapis en tenue de camouflage. Voilà près de trois ans qu'Austin s'emploie jour après jour à l'amadouer, mais les progrès sont décevants. Probablement traumatisée dans sa jeunesse, Patpanic a du mal à se laisser dompter. Pourtant, depuis qu'Austin l'héberge, elle a fini par prendre possession des lieux à sa manière et pour la fin de l'hiver. Elle a décidé de ne pas trop pointer le bout du nez à l'extérieur, jouant les prolongations. Le froid a été rude et la neige abondante. Un mètre cinquante de poudreuse, ça fait un peu trop pour ses fragiles petites pattounes. Patpanic est noire, excepté son museau et ses pattes qui sont blancs. Un coloris pas très commode pour la retrouver la nuit dans la neige, mais qui lui a sans doute sauvé la vie plus d'une fois : si elle a beaucoup de poils, la bête n'est pas vraiment costaude ! Austin s'en est rendu compte le jour où elle s'est cassé la figure dans la baignoire remplie d'eau. Ce qu'il avait sorti par la peau du cou ressemblait plus à un rat famélique qu'à un chat d'appartement. Ce qui la sauve, c'est sa technique imparable de self-défense. Quand Patpanic se fait coincer dans l'angle de la chambre et qu'on lui passe la main dans le sens du poil pour la rassurer, l'animal fait la carpette. Sa capacité à s'aplatir sous le poids du stress est telle qu'on pourrait la glisser sous la porte comme un pli recommandé. D'ailleurs, Austin s'est toujours demandé si ce n'était pas un cadeau de Jeanne.

Cryptobiose

Austin s'enfonce dans les profondeurs glaciales de son disque dur. Il doit retrouver son jardin secret au plus vite, même si c'est seulement pour quelques heures. Descendre en apnée dans ce monde du silence. Refroidir ses neurones et rejoindre la zone blanche des tardigrades, ces espèces de bestioles pluricellulaires capables de résister à la température délirante de – 272 °C. Les tardigrades ont le pouvoir de rentrer en cryptobiose, un état proche du *no life*, ou non-vie. Austin a juré de replacer ce terme savant dans la conversation le jour où l'idée viendrait à deux ou trois intellos de vouloir lui en mettre plein la vue. Le tardigrade peut tenir plusieurs années dans cet état de léthargie naturelle, entre la vie et la mort. Arrêt des fonctions oxydatives et métaboliques… Terminé… Plus personne ne bouge. Temps mort, pause cellulaire : la microbestiole se pelotonne dans une carapace de cire impénétrable résistante à des rayonnements et des pressions mille fois plus intenses que ce que l'homme est capable d'en supporter. Une vraie machine de guerre. La passion du froid ne lâche plus Austin depuis qu'il a réveillé un mort ! Dix ans plus tôt, alors qu'il était novice et trouillard, à l'époque où la vue du sang le faisait encore tourner de l'œil, on lui avait demandé d'embarquer dans la machine pour aller constater le décès de deux moribonds récupérés en montagne, sur un petit glacier débonnaire. La perturbation qui avait nettoyé les Alpes au cours des derniers jours s'était dissipée. Ce n'était pas compliqué, il fallait juste aller s'assurer que les deux gars étaient bien raides et remplir les papiers bleus sans lesquels il était impossible, pour les pompes funèbres, de récupérer les corps… Les deux types étaient franchement congelés, rigides et blafards. La glace avait pris possession des moindres parcelles de peau que les vêtements n'avaient pu recouvrir. Leurs yeux étaient vitreux, inertes. Quand Austin avait jeté un regard circulaire autour de lui pour comprendre comment ils avaient pu en arriver là, à quelques centaines de mètres du refuge, il n'avait pu s'empêcher d'imaginer les pauvres types en perdition dans la tempête, épuisés et incapables de retrouver leur chemin. C'était ça la montagne et ce n'était pas nouveau : les choses pouvaient se dérouler avec une facilité déconcertante quand tout allait bien – le temps, la visibilité, la forme – et on pouvait tout aussi bien mourir à deux pas d'un refuge. On sentait bien qu'ils n'étaient pas complètement profanes, ces deux-là. Plutôt bien équipés, ils avaient dû se battre jusqu'au bout. Ça sentait la rage de survivre à plein nez : un trou dans la neige partiellement terminé et des traces de lutte finalement réprimée par la tourmente. Le vent qui forcit, la neige qui s'engouffre et s'infiltre sans pitié. Les dernières cartouches qu'on grille, le fond de la gourde qui gèle, la torpeur qui rôde. Blottis l'un contre l'autre, les deux hommes s'étaient somme toute rendus, endormis pour la nuit des temps. On avait embarqué le premier, ligoté dans la perche, linceul d'acier, froid et indifférent, puis on avait rabattu la toile bleue. Seul le masque du spectre restait découvert, cireux et dévitalisé. Gilbert, aux commandes, avait mis les gaz et ouvert les trappes de la turbine pour que la chaleur réchauffe rapidement l'intérieur de l'habitacle. Il n'y était pas allé de main morte le Gilbert ! Quelques minutes plus tard, alors qu'Austin, pétant de chaud, commençait à se débarrasser de sa doudoune pour respirer, la perche s'était mise à frémir. Austin se souvenait avoir sursauté et poussé un cri insolite. Non, c'étaient les vibrations sans doute... Une hallucination peut-être ? Il s'était rapproché prudemment, imaginant le cadavre se redresser en hurlant et lui mordre l'œil de ses dents jaunes. Les cils s'étaient dégivrés et commençaient à trépider, mais il ne voulait pas encore y croire. Quand les articulations de l'épaule s'étaient ébrouées, comme si le défunt voulait s'extirper de son cercueil, il avait hurlé dans le micro, effaré :

« Le gars, là...

– Quoi, le gars ? avait demandé Gilbert.

– Il est vivant ! »

Le type avait été récupéré de l'ombre, sans la moindre séquelle. Quelques jours plus tard, on pouvait lui dire bonjour quand on le croisait dans la rue et ça faisait toujours un peu drôle de savoir que ce gars-là était l'un des rares à savoir peut-être ce qu'il y avait de l'autre côté de la barrière. Depuis cet événement, Austin était adepte de la plongée et passait des heures à fouiller les archives poussiéreuses de la cryologie. Parcourir le *Medline*[7] sans relâche, à longueur de journée, pour déceler la moindre information, les trouvailles les plus originales ou délirantes qui lui permettent d'avancer dans ses recherches : il était persuadé de découvrir un jour la recette pour réchauffer les « morts gelés ». En attendant, c'est son congrès qui le tracassait le plus, celui qui devait se dérouler dans quelques jours. Une conférence impossible à refuser sur une thématique source de polémiques dans le petit monde très fermé de l'hypothermie : « la prise en charge du traumatisé sévère en hypothermie ». Un sujet d'actualité, qui mettait en scène tous les gourous autoproclamés de la spécialité. On ne connaissait encore pas grand-chose des mécanismes de réchauffement, des multiples réactions que cela mettait en jeu, et l'incidence que cela pouvait avoir sur la coagulation, les fonctions hormonales et la préservation des neurones. Des types, dont le seul mérite était de savoir s'exprimer en public, exposaient leurs théories avec conviction, comme s'il fallait les ratifier et les considérer comme irrévocables.

Voilà près de deux heures qu'il se fait absorber par son processeur. Son attention s'est portée sur une autre merveille de la nature, un peu plus proche de l'homme : la salamandre du Canada. Ce reptile incroyable supporte des températures au-dessous du point de congélation. Quand il gèle, il se fige, devient raide comme un bout de bois et se brise en deux pour peu qu'on lui marche dessus. Comment parvient-elle donc à

7 - Base de données bibliographiques qui couvre tous les domaines médicaux.

ressusciter au printemps et reprendre ses activités comme s'il ne s'était rien passé ? À en croire les observations, il semblerait qu'elle soit capable de se vidanger d'une grande partie de son contenu en eau, de transformer le glycogène de son foie en glucose, ce dernier lui servant d'antigel extra-cellulaire, ce qui lui éviterait tous les dégâts que provoque l'hyperosmose, celle qui fait exploser les cellules et détruit les membranes, comme le fait la bouteille en verre qu'on laisse dans le congélateur…

Parfum de dunes

Une voix lointaine le ramène à la surface, une voix qu'il connaît bien…

« Austin, t'es là ? »

Austin lève la tête et tend le cou par-dessus le rebord de la fenêtre. Il reconnaît le vélo rafistolé adossé au portail.

« Entre Jamila, c'est ouvert ! » lance-t-il en faisant pivoter son vieux fauteuil de détective. Le bazar grince douloureusement sous le poids des années de bons et loyaux services passées à résoudre les énigmes les plus complexes.

« Oh ! Powerfull, je te dérange ? » lance Jamila, usant du petit surnom dont elle aime l'affubler.

Bien malgré lui, et bien que ce soit elle – qui généralement reste prioritaire à ses yeux –, Austin s'accroche à son écran, trop soucieux de ne pas perdre le fruit de ses recherches. Ne pas égarer le passage qu'il a « copié » pour aller le « coller » sur le support *Power Point* de sa présentation : une salamandre verte bien vaillante, immobile et satinée.

« Voilàààà… Hop ! Contrôle C, Contrôle V… C'est bon ! Ça, c'est fait, je suis à toi Jamila… Contrôle S pour sauvegarder, j'arrive… Un petit thé ? » lui propose-t-il en se levant promptement.

– Pas de refus. »

Jamila est là, dans son antre, toujours plus belle et désirable, d'autant qu'elle ne cherche pas à l'être. Contrairement à beaucoup d'autres filles, Jamila semble naviguer sur les eaux tranquilles de l'abnégation en matière de beauté, évacuant ces comportements futiles dans la catégorie des affaires classées, comme si on lui avait fait comprendre dès le plus jeune âge qu'elle ne serait jamais belle. Pourtant, quelle classe ! Une classe qu'elle impose par sa seule présence et son caractère. Le reste suit, stéréotype parfait de ce qu'Austin considère comme étant le pur fruit d'une beauté intérieure naturelle. S'il avait pu matérialiser le flux de matière qui gravite autour de Jamila, Austin n'aurait pas été surpris de découvrir une spirale semblable à celle d'un cyclone qui tourne autour de son œil. Il se rendait bien compte, une fois de plus, qu'il était incapable de résister aux pouvoirs surnaturels de cette pieuvre délicieuse qui l'attirait chaque jour un peu plus dans ses tentacules. Restait à savoir si elle se rendait compte de l'effet qu'elle produisait sur lui, même s'il soupçonnait qu'elle ne devait pas être dupe. Austin avait beau faire tout ce qu'il pouvait pour ne rien laisser paraître, sa petite panthère du désert devait bien ressentir qu'elle le perturbait terriblement. Dès qu'elle s'approchait, il lui semblait qu'un autre que lui prenait la direction de son petit navire. La barre devenait dure et le compas s'affolait. Sa peau halée, ses grands yeux verts qui viraient au jade quand elle se faisait rattraper par la mélancolie, le timbre de sa voix suave et sucrée, son petit brin de vulgarité gavroche… tout était là pour qu'il flanche.

Jamila a déjà posé son petit sac en toile violet sur le

parquet. Elle enlève ses bottines qu'elle pousse négligemment à gauche de la porte d'entrée, comme si les lieux lui appartenaient déjà un peu, et se dirige droit sur Patpanic pour lui faire un câlin. C'était devenu une étape prioritaire quand elle venait ici. Surprise, la touffe en boule commence par lever les oreilles avec méfiance, puis, sentant la main souple se poser sur le haut de sa petite tête, les rabaisse. Quelques mèches de cheveux noirs lui tombent sur les pattes. La fripouille s'étire et lui offre timidement son ventre blanc, ce qui est rarissime chez elle. Il faut croire que le souffle chaud et parfumé de Jamila la rassure et lui ôte, comme par magie, tout désir de fuite. Jamila se permet même de faire glisser ses doigts agiles dans son cou pour la grattouiller, histoire de gagner encore sa confiance et quelques points de fidélité pour la suite.

« Je t'ai ramené les affaires que tu m'as prêtées. J'en ai profité pour laver ta polaire. Elle ne sentait pas très bon ! » précise-elle en esquissant une grimace. Austin les lui avait prêtées quelques jours auparavant pour qu'elle emmène son frère faire ses premiers virages à skis. Il était de passage à Chamonix.

« Ça lui a plu, à ton Mahmoud ?

– Mohamad, pas Mahmoud… Mohamad ! prononce-t-elle avec un relent de fierté et l'inflexion propre aux natifs du désert.

– Ouais, bon… Ça lui a plu ?

– Tu parles ! Il a passé la matinée sur le cul. C'était glacé. Il a pas dû faire un seul virage correct le pauvre, j'en étais malade.

– Ah ! les Planards, le matin, avec une neige de printemps gelée, t'as pas choisi le plus facile. T'aurais dû lui proposer du bobsleigh. Pourquoi tu l'emmènes pas faire le couloir des Cosmiques[8] pendant que tu y es ?

– Attends, les Planards, c'est pas la mort quand même ! Même moi j'y arrive.

– Ouais, mais toi, t'es une déesse, t'as ça dans la peau, ça se sent. Une vraie championne qui s'ignore. »

Austin l'avait prise sous son aile pour lui enseigner l'art de la glisse depuis qu'il l'avait rencontrée, et c'est vrai qu'elle se débrouillait plutôt bien, même si elle avait tendance à craindre le froid.

« Oh ! t'es con. En tout cas, c'est gentil pour les fringues, il te remercie bien, mais je ne crois pas qu'il veuille persévérer, tu vois ! »

Là-dessus, elle ouvre le sac en plastique Carrefour qu'elle avait dans l'autre main, en extrait une veste de ski, une polaire et un pantalon de surf évasé de jeune's qu'elle étale proprement sur la banquette. Puis elle plonge à nouveau la main au fond en fixant le plafond.

« Et pour remercier le pépère, qu'est-ce qu'elle a amené la Jamila, hein ? » Pas peu fière, la panthère brandit un petit sac en papier blanc, en jubilant devant le regard niais de l'autre, dont les yeux de chouette se dilatent immédiatement…

– Non, des chou…

8 - Couloir de ski extrême de plus de 1 000 mètres de dénivelé, partant du haut de l'aiguille du Midi, réservé aux skieurs de haut niveau.

– Des chouchous, ça te dit, avec le petit déj' ?

– Je ne sais pas qui a pu te dire que j'aimais ça… » ironise Austin, sachant parfaitement que sa faiblesse pour les douceurs n'avait de secret pour personne. Il essaye de les lui arracher sans succès.

« T'aurais pas pensé à emmener de ta confiture de framboise par hasard ?

– Qu'est-ce que tu crois ? répond-elle en brandissant un pot de ses fameuses confitures maison que tout le monde s'arrachait au bloc opératoire.

– Yeaaah, trop cool, Jamila ! T'es la meilleure… Je fais chauffer de l'eau ! »

Ce disant, il lui plante un gros bisou sur la joue et lui arrache les chouchous en se sauvant vers la cuisine !

« Salaud ! rends-moi ça ! » hurle-t-elle en lui courant après… Elle s'accroche à son tee-shirt qui s'étire dangereusement.

Austin se retient comme un fou pour ne pas la coincer et la plaquer là sur la banquette, surtout qu'elle est à croquer ce matin. Elle a le parfum, chaud et sauvage, des dunes. Dans ces moments magiques, toujours trop courts, Jamila dégage un aphrodisiaque impalpable, qui le rend dingue. Les rapports entre eux ne sont pas prêts de s'éclaircir. Voilà plus de quatre ans qu'ils se tournent autour. Jamila est instrumentiste au bloc opératoire. Austin l'a repérée dès le premier jour, alors qu'elle était à l'essai. Il était venu faire un tour au bloc pour s'enquérir d'un avis chirurgical, avec la radio d'une cheville cassée sous le bras. La malléole externe était brisée et déplacée, de sorte qu'il était difficile de savoir si la pose d'une plaque d'ostéosynthèse pouvait améliorer le résultat fonctionnel ou non. Entre l'immobilisation plâtrée de quarante-cinq jours sans appui et l'intervention, le choix était discutable. Même si Austin savait quoi penser, il voulait l'avis du chirurgien de garde. Certains d'entre eux préféraient opérer, d'autres n'avaient pas le coup de bistouri facile, surtout en pleine saison, où la perspective de faire des heures supplémentaires ne les enthousiasmait guère. Les urgentistes avaient pris l'habitude de se déplacer eux-mêmes avec les clichés. On appelait l'aide-opératoire par un vieil interphone afin qu'il entrouvre la trappe – sorte de passe-plat qui évitait l'ouverture du sas – et on lui refilait les radios pour qu'il les montre au chirurgien. Austin avait sonné. Un grand bruit de casseroles et de pinces métalliques l'avait accueilli, accompagné d'un cri exaspéré qui n'envisageait rien de bon, puis la trappe s'était ouverte violemment. Deux grands yeux verts irrités étaient apparus et l'avaient fixé avec une telle consternation qu'il en avait perdu la voix…

« C'est pour quoi ? l'avait interpellé vivement celle qui se cachait derrière son masque stérile en papier ouaté.

– Euh, c'est pour moi… En fait, non… une radio. Enfin, un avis pour Pestoux.

– Il opère, c'est quoi ?

– Une radio… J'aimerais qu'il me dise s'il a l'intention d'opérer une telle fracture ou si on l'immobilise.

– C'est qui, quel âge et l'a mangé à quelle heure ? avait enchaîné mécaniquement la voix à peine adoucie.

– Russe, la quarantaine, et il doit passer son temps à bouffer du caviar à la louche.

– J'aime pas les Russes !

– Et il est pas aimable non plus ! renchérit Austin pour lui faire comprendre à demi-mot qu'il aimerait qu'elle se détende un peu…

– OK, répondit-elle, perspicace. Désolée, mais je viens de faire tomber les instruments sur le carrelage. Il faut que je restérilise tout… Les boules !

– Ah ! c'est ballot. Si je peux faire quelque chose pour toi...

– D'accord, tu viendras m'aider à faire la vaisselle alors !

– Chez toi ? osa-t-il, pour détendre l'atmosphère.

– Ça m'étonnerait ! rétorqua-t-elle en se relâchant un peu.

– Ah…

– T'es qui toi d'abord ?

– Et toi ?

– Jamila…

– Austin.

– Austin… Comme l'acteur débile ?

– Merci, c'est gentil. »

Jamila portait une tenue de bloc vert bouteille et une charlotte blanche sur la tête, qui la faisait ressembler à un chasseur de miel. On voyait bien, sous le calot, qu'une épaisse chevelure noire prise au piège jouait des coudes pour s'échapper.

Sur ces entrefaites, Monique, la surveillante de bloc, arriva. Monique avait un don particulier pour repérer les bons éléments. Elle aurait trouvé sa place sans problème pour un poste peinard aux ressources humaines, mais cela aurait été dommage pour le bloc dont elle était la pierre angulaire. C'est d'ailleurs grâce à ce don qu'elle avait su constituer son pool. Monique n'était pas du genre commode, mais personne ne pouvait contester son indéniable efficacité et, face aux exigences et aux humeurs colériques de certains chirurgiens, elle seule avait suffisamment de cran pour leur renvoyer les instruments à la figure quand ces derniers outrepassaient les limites. Elle gérait son équipe avec fermeté et efficience et Jamila faisait partie de ses dernières recrues.

« Bon, c'est fini les gazouillages ici ! Jamila... Y'a Prescouille qui te réclame à cor et à cri, tu ferais bien d'y aller, il va finir par te passer un savon !

– J'ai tout foutu par terre, se désespéra Jamila.

– Vas-y, grouille, je m'en occupe, soupira-t-elle, et n'oublie pas la radio. Il est sportif, le gaillard ? demanda-t-elle à l'attention d'Austin.

– Doit faire du billard... Un gros qui ne se soigne qu'à la vodka.

– Pouah ! fit-elle en scrutant la radio à contre-jour du néon... M'étonnerait qu'il la fasse... l'est pas de bon poil ! »

Prescouille, *alias* docteur Gilbert Pestoux, avait trente-quatre ans de carrière derrière lui. À l'entendre, il avait tenu l'hôpital à bout de bras depuis qu'il avait atterri là. Il avait sauvé la vie à tous les grands noms de l'alpinisme, diminuant sensiblement le nombre de veuves et d'orphelins dans la vallée. Pestoux n'y connaissait pourtant pas grand-chose en montagne, et d'ailleurs, il n'y foutait jamais les pieds, sauf pour aller pêcher la truite en Italie dans le val Ferret, avec son inséparable copain Jordi. Comme tous les chirurgiens de cette époque révolue, Pestoux savait tout faire : réduire une fracture comminutive[9], visser une plaque à peu près correctement et suturer une artère splénique qui pissait la rage. En morte-saison, il s'employait à poser des prothèses de hanche et raccommoder les bouts de colon quand il fallait faire le ménage dans le bide d'un moribond carcinomateux au bout du rouleau. Pestoux était capable du meilleur comme du pire : « touche-à-tout, bon-à-rien », disaient les mauvaises langues qui en avaient fait les frais. Il était heureusement solidement secondé par Monique, la seule à pouvoir affronter le taureau de face et par les cornes. Monique, c'étaient ses yeux, ses mains ; elle seule savait lui dégotter la pince cochère courbe crantée, dont les dimensions et les caractéristiques étaient normalement introuvables, le fil torsadé de la marque et du diamètre impossibles, et lui nettoyer, au moment opportun, ses loupes, pour qu'il puisse clamper correctement une artériole qui suintait. Elle récupérait les mauvais coups, repassant derrière lui quand il n'avait pas fait ce qu'il fallait ou quand il partait avant la fin, furieux, sur un coup de gueule. Austin était persuadé qu'en cas d'urgence ou de pétage de plomb, elle aurait pu carrément prendre sa place. Pestoux passait son temps à l'engueuler et Monique répliquait systématiquement sans se démonter. Un vieux couple indissociable qui ne pouvait fonctionner l'un sans l'autre depuis que

9 - Fracture présentant de nombreux fragments.

la Terre s'était mise à tourner sur son axe.

Jamila fila comme une flèche, la radio dans une main. Ce jour-là, Austin passa pas mal de temps à demander des avis chirurgicaux, jouant un peu trop les novices, ce qui n'échappait pas à Jamila. Le soir, il avait à peine été étonné de la voir débarquer aux urgences, venir faire un coucou à d'hypothétiques copines. Elle avait pris comme alibi de ramener un brancard et quelques attelles de jambe en mousse qu'on utilisait pour immobiliser les fractures en attendant qu'elles aillent se faire embrocher au bloc opératoire. Débarrassée de son accoutrement de chasseur de miel, Jamila propulsa Austin sur son petit nuage rose. Son cœur fragile fit l'objet de palpitations arythmiques exagérées et monta dans les tours. Quelques coups d'œil en coin, reçus çà et là, l'avaient aussitôt convaincu que le courant passait, ce qui n'arrangeait rien à l'affaire. Austin la trouvait sublime, de cette beauté réservée à ceux qui ne s'arrêtent pas aux critères esthétiques de catalogue. Son visage était un peu trop anguleux, ses yeux presque trop grands, son nez aussi était plutôt aquilin, mais donnait à l'ensemble de son visage un profil de reine des sables, que le teint mat de sa peau rendait encore plus farouche. Trois jours de chasse poursuite leur avaient permis de rapidement se confier, mais le ciel s'était brutalement assombri pour Austin quand elle lui avait avoué qu'elle était mariée depuis l'âge de dix-huit ans. C'était un peu trop tôt à son goût, mais dans sa culture, on était fidèle : comme pour son nez, on lui avait appris à se contenter de ce que son Dieu lui avait donné.

« C'est quoi cette horrible bestiole qui est sur ton ordi ? » lui demande Jamila en sirotant son thé trop chaud. Penchée sur lui, ses deux mains agrippées à la chaise grinçante, elle laisse tomber, sans s'en rendre compte, une mèche de ses longs cheveux dans le cou d'Austin… agréable frisson de chaleur.

« C'est un lézard un peu particulier. Un lézard de compèt'…

– Tu dis ça pour les rayures qu'il a sur le dos. T'as raison, on dirait une Gordini ! Et ça court vite cet engin ?

– Non, il excelle quand il est figé justement !

– Ah ! moi pas comprendre ! » Jamila attend visiblement une explication. Elle lui pose une main sur l'épaule en s'approchant de l'écran pour scruter la bête d'un peu plus près, laissant échapper de son corsage un effluve de parfum vanillé.

« Ce que je veux dire, c'est qu'il pulvérise les records quand il est congelé, poursuit Austin en tâchant de garder son sang-froid. C'est une salamandre capable de descendre au-dessous de zéro sans mourir. Un truc qu'on ne sait pas bien faire, nous, les humains. Si je pouvais comprendre ce qu'elle a de spécial dans les veines, tu vois, je serais le roi de l'hibernation.

– Tu veux te faire geler pour renaître dans deux cents ans, comme les Américains pleins de tune ?

– Ouais, c'est ça et je recommence à zéro !

– Je peux venir avec toi ? demande Jamila avec un brin de malice.

– Toi tu es heureuse, pourquoi veux-tu tout recommencer ?

– Ouais, t'as peut-être bien raison », acquiesce Jamila, un brin mélancolique.

Elle ramasse les deux tasses de thé vides. Austin la regarde du coin de l'œil rejoindre la cuisine pour les rincer et passer un coup d'éponge sur le plan de travail multifonction en vieux sapin. Il devine sa silhouette souple et sensuelle s'éclipser et traverser le petit salon pour s'arrêter quelques instants devant la fenêtre. En voyant le mazot fatigué du voisin, Jamila s'immobilise en silence. Le regard fixe, elle se perd quelques instants dans ses pensées les plus secrètes. Austin aimerait tant que cela soit à propos de leur relation, de leur jeu périlleux de funambules immatures, mais il préfère ne pas en savoir plus de peur d'être déçu. Elle récupère son sac, caresse rapidement la chatte et se dirige vers la porte pour récupérer ses bottes.

« Tu te sauves déjà ?

– Je dois faire des courses, j'ai une famille, moi. Tu bosses demain ?

– Oui. Demain, mais aussi aujourd'hui. Je suis d'astreinte, je pense que je vais rien foutre, ils annoncent pourri cette aprèm'...

– C'est ça, évite de nous ramener du taff, on n'a pas que ça à faire ! Deux prothèses, quatre genoux, deux bides… on va encore terminer à point d'heure demain, sans compter les fibro[10] de Pénélope ! Celle-là, je sais pas comment elle fait pour s'éclater dans son boulot.

10 - Fibroscopie : technique permettant l'exploration visuelle de certains conduits et de certaines cavités du corps au moyen d'un fibroscope.

– OK, je les laisse tous crever, mais c'est bien parce que c'est toi ! »

Jamila l'embrasse tout près de la bouche, comme elle a l'habitude de le faire, histoire de dire « je t'aime, mais je ne peux pas ».

Nostalgique, il la regarde descendre le petit talus enneigé avec précaution pour prendre au plus court et enfourcher son vélo qu'elle utilise été comme hiver. Elle disparaît dans la pente sous le regard curieux de Gaffar, le gros chien beige du garagiste qui loge en dessous de chez lui. Ce dernier replonge sa truffe dans un carton vide et Austin le sien dans son ordinateur, à la poursuite de sa salamandre. Apparemment, l'organisme supporte de se refroidir beaucoup plus qu'il n'est possible de l'imaginer. Austin a déjà passé des jours et des jours à engranger des publications qu'il dégotte sur Pub Med, l'un des moteurs de recherche les plus visités par les médecins insomniaques en manque, pour peu qu'ils aient encore quelques velléités d'accroître leurs connaissances. Austin avait accumulé quelques gigabits de données piochées çà et là depuis qu'il s'était contraint de faire partie du club. Soit des abstracts dont il n'avait pas réussi à obtenir les *full text*, soit les articles complets qu'il classait soigneusement par année de parution et auxquels il ajoutait systématiquement quelques annotations. Classer ces listes interminables de références lui prenait encore plus de temps que d'importer les morceaux de ses artistes de jazz préférés. Mais il avait compris que ce temps perdu lui permettrait d'en gagner beaucoup quand il aurait trouvé le filon. Ce qui détermine la survie en hypothermie, c'est la capacité de la cellule cérébrale à se maintenir en vie sans flancher. Le facteur déterminant, comme pour toute autre cellule, c'est d'exploiter le peu d'oxygène mis à disposition par l'organisme pour maintenir ses seules fonctions et réactions enzymatiques fondamentales. L'ours et la marmotte hibernaient bien, pourquoi l'homme n'y parviendrait-il pas ?

Il y avait de nombreux cas décrits dans la littérature de pauvres types qui dormaient dans la rue et que l'on retrouvait le matin dans le coma, en état de mort apparente. Dans ces articles, on apprenait que la température centrale devait se prendre avec une sonde rectale, quand on n'avait pas d'autre moyen, et surtout qu'il fallait enfoncer le bazar à quinze centimètres dans le rectum pour que la mesure soit valable, c'est-à-dire à peu près corrélée à celle du cœur. Certains types étaient descendus à des températures centrales proches de 25 °C. Dans certains cas, les auteurs prétendaient que le cœur s'était arrêté ou était passé en fibrillation ventriculaire, ce qui revenait au même. On les avait massés et choqués à coups de défibrillateur et quelquefois, ça marchait. Le type se réveillait dans la salle de déchoquage, étonné de voir autant de monde s'affairer autour de lui et le scruter, exorbité, comme s'il revenait de l'enfer et qu'il avait encore des cheveux qui fumaient.

Il fallait pour cela que certaines conditions soient remplies et c'était là le problème majeur. Personne n'était en mesure de dire ce qu'il fallait faire ou ne pas faire, même si les plus forts avançaient des hypothèses pour lesquelles ils n'avaient pas plus de preuves que ceux qui annonçaient la fin du monde pour 2012. Dans ce monde où il faut publier pour être reconnu, le travail à fournir pour qu'un article soit accepté par les plus grandes revues était tel qu'on en arrivait à cette situation absurde : les chercheurs-publieurs s'évertuaient à théoriser sur d'hypothétiques mécanismes physiologiques d'une pathologie qu'ils ne prenaient plus en charge sur le terrain, alors que ceux qui les prenaient réellement en charge avaient bien d'autres choses à faire que de trouver le temps de publier. Austin ne voulait pas s'avouer vaincu, il avait tant de choses à dire, tant d'hypothèses à mettre en application, qu'il se sentait un devoir de communiquer, et c'est la raison pour laquelle il devait continuer à faire les deux. Entendre des blaireaux de la plaine lui donner des leçons, alors qu'ils ne foutaient pas les pieds en montagne, le rendait fou. En tout cas, il faisait comme bon lui semblait, en sachant qu'il vivait là les dernières années privilégiées de son art. Au fond des crevasses, on lui foutait une paix royale. Pas de caméra, peu de témoins, des circonstances hostiles qui faisaient qu'on acceptait toutes les extravagances. Dans quelques années, tout cela deviendrait, comme le reste, invivable, et pour le médecin, et pour la victime. Protocole rigide, caméra casque en *live*… les interventions en montagne seraient sous haute surveillance et soigneusement enregistrées.

Austin ressent soudainement le besoin d'entendre le son d'un piano rebondir dans sa tête pour l'aider à se concentrer. Au même instant, son pote, celui qui ne le quitte plus, vibre dans la poche de son pantalon… SMS ? Austin sort l'engin – le dernier modèle de l'I-Phone qu'il a réussi à ne pas encore casser en montagne – et sourit en décryptant le message qui s'affiche sur le petit écran : « Bon courage, mon hibou… Bz Jam. » Il remonte ses culs de bouteille qui lui tombent sur le nez en se demandant comment elle a bien pu faire pour lui envoyer ça depuis son vélo tout en pédalant. Il en profite pour laisser glisser son doigt sur la jaquette de son morceau de jazz préféré du moment qu'il n'a aucun mal à retrouver dans la liste de l'I-Pod – ce morceau dingue de Herbie Hancock, « Cantaloupe Island », dont il n'arrive plus à se débarrasser – et replonge dans son univers glacé.

Rédemption

Charlotte s'est remise au boulot. À la place de la tache de rhubarbe, une auréole sombre et mouillée tente, malgré elle, de faire bonne figure sur sa blouse. D'abord s'attaquer aux pansements compliqués de madame Ducrotet, qui va lui en mettre plein la tronche avec des « Pourquoi ? », des « Comment ? » et des « Allez-y doucement, vous me faites mal… ». Tout un programme. Patt et Caro débarquent dans la salle de tri, harnachés jusqu'au cou : défibrillateur, sac de réanimation et bouteilles d'oxygène à la main. Ils reviennent d'une intervention glauque… une tentative de pendaison. Nonchalant, Patt a plutôt l'air de revenir d'un bal de banlieue. Justine est consternée par tant de désinvolture. Pour elle, la sortie SMUR est synonyme d'alerte maximum. Spectacle angoissant et jeu de scène démoniaque exacerbé par les flashs et les gyrophares tournoyants au milieu desquels s'adonnent en chantant des acteurs héroïques. C'est le combat désespéré d'une pauvre victime innocente, qui s'abandonne aux mains d'un réanimateur de combat aux pouvoirs incommensurables. Mais Patt ne semble pas vivre les choses de la même façon : il traîne les pieds jusqu'au bureau sur lequel il pose négligemment son bon gros derrière. Sans prêter la moindre attention à Justine qui l'observe avec admiration,

Patt s'attache à remplir méticuleusement sa feuille d'intervention en se grattant la caboche d'un air peu inspiré. Beaucoup d'éléments lui manquent encore pour compléter ce fichu papier…

« Allez, c'est parti ! Font chier avec leurs conneries, bientôt faudra écrire un roman. Intubation… oui. Voie veineuse centrale… non. Abord intraveineux… oui, et même un gros ! (Il regarde Charlotte d'un air entendu.) On aurait pu lui passer un jerrican à celui-là, ça n'aurait pas changé grand-chose à vrai dire ! » Il coche minutieusement la case en question sur sa fiche carbonée, en ramenant sa langue vers le coin de sa bouche, soucieux de se donner l'air le plus niais possible.

« Alors ? interroge Justine, impatiente.

– Ben quoi, alors ?

– Il est vivant ?

– Ben oui, il est reparti. Quoi de plus naturel ? On est bien là pour sauver des vies, non ? déclare, blasé, le petit urgentiste dodu.

– Génial ! » jubile-t-elle tout excitée.

Justine termine sa sixième année de médecine à Nancy. Passionnée par la montagne, elle a demandé à venir faire un stage à Chamonix. Tout ici l'interpelle. C'est la révélation. Elle n'avait de la montagne qu'une image virtuelle et inconsistante, sortie tout droit des incontournables récits d'ascensions historiques. De sa petite chambre de garde, elle a entassé comme elle a pu son bric-à-brac : les beaux skis paraboliques qu'elle a reçus pour son anniversaire, sa collection de vieilles photos jaunies de stars académiques et son cactus qui résiste envers et contre tout aux conditions climatiques. De sa fenêtre, elle ne voit qu'une seule chose : cette face nord qui la domine de ses deux mille mètres de glace, là, à portée de main, immense, écrasante et majeure. Fenêtre sur cours d'une amplitude gigantesque qui l'envahit du soir au matin et s'impose, blanche et majestueuse, à la pleine lune. Voilà deux semaines qu'elle est dans les murs et plus rien n'existe au-delà de ce monde gigantesque. Sa mère, qui l'a couvée pendant toutes ses longues années de labeur, lui téléphone constamment du nord-est de la France, comme le ferait toute mère pour son enfant unique. Mais Justine s'éloigne, aussi fraîche et dispose qu'une fleur de printemps. C'est sa naïveté déconcertante qui séduit au premier abord. Même Prestoux, qui râle tout le temps, s'arrête de grogner dès qu'il la voit s'approcher. Depuis qu'elle est là, elle n'a de regard que pour ces médecins de l'extrême qui volent au secours des alpinistes avec flegme et charisme. Voyant que deux nanas faisaient partie de l'équipe, Justine s'est jurée de faire ce job. En attendant, elle boit comme du petit-lait tout ce qu'elle voit et entend.

« Je vais faire la voiture ! » braille Caroline, qui repart en direction du sas où stationne la Toyota du SMUR.

« C'est comme ça que ça marche, lance-t-elle à Justine qui la poursuit du regard. Refaire les poches dès qu'on rentre, remettre des fiches dans les pochettes pour remplacer celles qui ont été utilisées et rebrancher les batteries pour ne pas se retrouver comme des glands devant un arrêt cardiaque ». Patt continue à remplir soigneusement ses cases, prenant le soin de faire languir Justine. Il vient pourtant de se taper un truc pas facile et pas vraiment ragoûtant. Justine trépigne.

« Alors, c'est vrai ce que m'a dit Caro, il est reparti ?

– C'est ça, oui. À pied même.

– Ah, c'est malin ! Raconte !

– Ben quand on est arrivés, la corde était encore toute chaude. Heureusement, le frère de la victime avait eu la bonne idée de la couper. Comme quoi, c'est toujours bon d'avoir son petit canif dans la poche en montagne, en dehors du fait que c'est pratique pour se tailler des rondelles de saucisson.

– Il était en arrêt, quand vous êtes arrivés ?

– Négatif, ma chérie. (Patt avait tendance à affubler de ce sobriquet toutes les filles qui bossaient aux urgences.) Les pompiers avaient déjà sorti la gégène du placard quand on a débarqué. Ils lui avaient déjà envoyé deux bonnes châtaignes, les gugusses. Ça l'a secoué dis donc… Reparti, comme en quarante !

– C'est incroyable ! Conscient ?

– Super ! Glasgow[11] à 3, prêt à refaire la peinture de la cuisine.

– … ?

– La reperfusion[12] s'est fait attendre au niveau du grenier, figure-toi – de son index, il lui montre le sommet de son

11 - Score international qui évalue l'atteinte neurologique d'un patient. Le score de 3 est le score le plus bas correspondant à l'état de mort apparente.

12 - Retour du sang dans le cerveau après avoir été anormalement absent.

occiput un peu dégarni – au sens propre comme au figuré, puisqu'on l'a retrouvé pendu dans son grenier. Je pense que sur le plan neuro, il est cuit !

– Oh, tu dois être déçu ?

– Super déçu, t'imagines ! finit-il par admettre, la mine blasée – c'était le troisième pendu qu'il se récupérait dans le mois et tous avaient terminé leur bonhomme de chemin au même endroit, c'est-à-dire au cimetière.

– T'as pas fait de réanimation ?

– Oh oui, comme d'hab... Il respirait encore, alors Caro lui a mis un petit tuyau dans la veine et moi je me suis senti obligé d'en mettre un plus gros dans la trachée. J'en ai chié d'ailleurs, la corde avait fait des dégâts, j'ai dû m'y reprendre à trois fois.

– Des dégâts ?

– Bah, tu sais, quand on pendouille au bout d'un cordasson de dix millimètres pendant dix minutes, ça garrotte un peu, je te fais pas de dessin. Il ne reste plus beaucoup de place pour passer. C'est tout congestionné.

– Et il est où maintenant ?

– Annecy, prélèvement d'organes ma chérie. Mais comme le dit si bien saint Michel quand un gars se présente au guichet : "Tu as pêché, maintenant... repends-toi !"

– Très drôle », rétorque Justine, trop bien éduquée pour se lâcher.

La sonnerie du téléphone interrompt leur conversation. De retour, Caroline, qui avait oublié les clés de la voiture sur le bureau, tente, d'un geste maladroit, de décrocher. Bien sûr, le combiné lui échappe des mains et se fracasse au pied de la table, pendouillant misérablement au bout de son cordon spiroïdal plein de nœuds.

« Allô, allô, les urgences ?

– Oui, les urgences, une infirmière, j'écoute ? s'empresse-t-elle de répondre en récupérant le téléphone.

– Allô, oui, c'est le PGHM. On cherche le médecin de permanence, on aurait une mission… Ça va, pas trop de dégâts chez vous ?

– Non, pourquoi ? C'est qui d'abord ?

– Seb, c'est Caro ?

– Ouais c'est Caro, salut Seb.

– J'ai cru que le plafond s'était cassé la figure ! fait le planton de permanence.

– Ah non, c'est le téléphone… m'a échappé des mains ! Bon, pour Crampon toubib, y'a qu'à faire le numéro d'astreinte… T'as essayé ?

– Ouais, on n'a pas le bon, c'était Rodriguez. Il m'a dit qu'il n'était pas d'astreinte, vous avez dû oublier de faire la bascule sur le portable ce matin !

– Ah, OK ! Donne-moi deux secondes. Caroline consulte la liste des médecins d'astreinte et reprend le combiné. C'est Austin, t'as son portable. Il est déjà reparti chez lui, je crois !

– Dac, merci. N'oublie pas de faire la bascule, Caroline !

– Oui, c'est Patt qui n'a pas fait son boulot en prenant la garde ce matin – dit-elle en lançant un regard noir à l'intéressé qui ne relève même pas. Je vais l'engueuler, tiens ! Tchô, je te laisse, y'en a déjà plein les urgences.

– Menteuse, y'a trois pelés et un tondu, rectifie Patt.

– Oh, ça va ! »

Charlotte prend deux secondes pour détoronner le cordon du téléphone, sous le regard amusé de Patt, puis se lève pour rejoindre Enzo. Ce dernier l'attend de pied ferme en finissant sa tartine pour lui transmettre les infos concernant les patients de la nuit qui sont encore dans les box.

« Vas-y, je t'écoute Enzo, attaque-t-il, son carnet chiffonné à la main pour prendre quelques notes au cas où.

– Alors, en salle 1, c'est un bon gros bébé de quarante-cinq ans et quatre-vingt-quinze kilos, camionneur. Pas d'antécédent particulier, pas de médicament… s'est pointé à six heures du matin parce qu'il avait craché du sang en toussant. Il est italien, mais parle un peu le français.

– Il a craché combien ?

– Pas grand-chose, un mouchoir peut-être… Plus rien depuis qu'il est là. Bonnes constantes, pas de détresse respiratoire. Ça lui a surtout foutu la caque !

– Il rentre au bercail ou il s'en va ?

– Il va livrer des poulets en Irlande, d'après ce que j'ai compris.

– Pourquoi ? Y'a pas d'poulet en Irlande ? Je croyais que ça poussait partout les poulets, moi !

– Ouais t'as raison, quelle connerie d'aller balader cinq cents poulets à travers l'Europe ! Des noix de coco, je dis pas, mais du poulet… tout le monde sait faire du poulet.

– Oui, et "poulet" ça le fait pas pour mes mots croisés, intervient Jacob, qui passait derrière eux pour rejoindre son poste, le magazine dans la poche. Ça fait pas cinq lettres, en plus ça vole pas vraiment.

– Pour le duvet, moi je préfère celui du canard, ajoute Patt.

– Cinq lettres j'ai dit ! le reprend Jacob

– Bref, continue Enzo, c'est un ancien tabagique : trois paquets par jour. Je lui ai prescrit une radio pulmonaire et j'ai fait prélever une bio. Faudrait pas qui nous cache une petite tumeur, le chauffeur, hein ? Tu ne devrais pas tarder à avoir les résultats et, pour la radio, faudra voir avec Jacob, quand il aura fini ses mots croisés. »

Au bout du petit couloir, on entend Jacob soupirer bruyamment.

Patt, tout en continuant à lui prêter une oreille discrète, tape son code secret sur l'ordinateur pour consulter les premiers résultats. Fidèle à ses habitudes matinales, la bécane rame désespérément.

« Tiens, tiens ! CRP à 220, potassium dans les chaussettes, j'ai bien peur qu'il faille le garder ce gaillard », annonce Patt. Puis, après quelques secondes de réflexion : « Je me demande bien ce qu'on va faire de ses poulets ?

– Moi, j'aime bien le poulet, renchérit Enzo. Mais cinq cents… Tu crois qu'il allait les échanger contre quoi ses poulets ?

– Je ne sais pas moi ! Des veaux peut-être, pour faire de la gelée. Ils sont doués les Anglais pour la gelée, non ?

– Ça m'étonnerait, avec la spongiforme[13] de la vache

13 - Encéphalopathie spongiforme ou maladie de la vache folle.

folle, doit plus en rester des masses, lance Jacob du fond du couloir.

– Bon, reprend Enzo, j'ai aussi laissé une mamie qui va bien te prendre la tête. Une charmante septuagénaire de Servoz : madame Delaunois ou Delaunay, tu connais ?

– Delaunay, Delaunay… Daltonnet tu veux dire ?

– Ah ! oui, c'est ça, Daltonnet !

– Oh non, c'est pas vrai, pas la Dalton ! Ça fait bien six mois qu'on ne l'a pas vue. J'avais espéré qu'elle irait finir de dérailler à Neuilly, dans sa résidence principale, plutôt que de venir nous casser les couilles ici.

– Eh bien, elle est là : à croire qu'elle s'y plaît à la montagne ! Elle veut voir le directeur…

– Ouais, ça, c'est pas nouveau, se lamente Patt, subitement déprimé.

– Elle soutient que la personne de l'ADMR[14] qui s'occupe d'elle veut l'empoisonner pour lui voler sa fortune.

– Ça serait pas complètement idiot, remarque Jacob qui s'est repointé, je crois bien qu'elle a un chalet superclasse aux Praz et pas de mouflet pour l'héritage. T'imagines ? »

Enzo craque un peu.

« Bon, je peux te laisser, quémande-t-il, j'irais bien pioncer un peu, moi…

– Mais bien sûr, qu'est-ce que t'attends ? Casse-toi ! »

Harassé, Enzo essuie ses grosses paluches sur sa blouse chiffonnée et s'éloigne vers la porte battante. Il se retourne

14 - Association du service à domicile.

une dernière fois avant de la franchir et s'écrie :

« Eh, Patt, oublie pas les poulets ! Ils sont sur le parking, cinq cents y'en a !

– Et alors, qu'est-ce que tu veux que ça me foute ?

– Faut les nourrir, c'est que ça mange ces petites bêtes !

– N'importe quoi ! » rétorque Patt, en jetant un œil par la fenêtre pour voir s'il aperçoit le camion…

Plongé dans ses réflexions, Austin se fait surprendre par la sonnerie stridente de son fixe. Il saute de son tabouret comme s'il avait pris une décharge électrique.

« Austin, c'est Seb au PGHM.

– Ah, salut Seb ! me dis pas qu'il y a du boulot quand même, répond-il en sachant très bien que ça peut difficilement être pour autre chose.

– C'est parti, doc ! Vallée Blanche, douleur dans la poitrine, près du Rognon.

– Poitrine ou rognons ? Bon d'accord, pas terrible ! C'est qui, aujourd'hui, les bleus ?

– Affirmatif, c'est Choucas[15]. Il est prêt à décoller, c'est quand tu veux…

– Oh là, deux secondes ! je suis d'astreinte moi, encore dans mon pyjama.

15 - Nom de code de l'hélicoptère de la gendarmerie.

– Ouais, c'est ça !

– Faut que je me lave les dents et que je fasse mon lit avant de sauter dans mon pantalon.

– Allez, magne, mets le power Austin, ils t'attendent.

– Grrr… ! Je savais que c'était une connerie cette astreinte. Encore heureux que je ne sois pas sous la douche.

– Bon, je préviens Choucas que t'arrives dans dix minutes, ça te va ?

– C'est ça, allez roule ! »

Austin raccroche et surprend Patpanic en train de le fixer curieusement comme si elle lui demandait s'il fallait qu'elle participe à la mission. L'espace d'une fraction de seconde, il lui trouve un air de ressemblance avec Zombo, le berger allemand de Clovis, qui se ferait crucifier plutôt que de rater une avalanche. Mais non, fin d'alerte, Patpanic reprend sa toilette, se lèche méticuleusement la patte avant droite et se la passe par-dessus la tête comme pour se refaire la raie de côté.

« Patpanic, tu surveilles la baraque et si Jamila revient, tu me la gardes au chaud, compris ? »

Patpanic garde la patte en l'air et plisse les yeux d'un air entendu, avant de reprendre son travail laborieux.

Trois minutes plus tard, Austin saute dans sa fourgonnette qu'il ne veut pas lâcher depuis que sa grand-mère la lui a refilée. Elle a heureusement fini par admettre qu'elle représentait un danger public au volant. La camionnette tousse un peu avant de démarrer sans trop protester. En arrivant à la DZ sur les chapeaux de roue, Austin constate avec satisfaction que Choucas est encore en train de faire le plein de kérosène, ce qui lui donne un petit moment de répit pour finir de se préparer. Pour gagner quelques précieuses minutes, il n'avait même pas fini de lacer ses chaussures. Le gros tuyau serpente sur le macadam, résistant mollement aux efforts de Christophe, le mécano, pendant que Vince, le pilote, tripote les boutons du tableau de bord pour lancer les turbines du gros bourdon. Jalabert et un jeune secouriste, qu'Austin n'a encore jamais rencontré, sont déjà prêts – normal, eux ne sont pas d'astreinte, mais de garde sur place –, casque vissé sur la tête et micro déporté sur l'oreille à la Michael Jackson. Le jeune qui débute est tout excité et son sac à dos est rempli jusqu'à la garde, contrairement à celui de Jalabert : c'est ce qui fait la différence avec les anciens, ils en ont moins dans le sac, mais un peu plus dans la tête, le privilège de l'expérience qui ne s'acquiert qu'au cours de nombreuses années de pratique. En sortant le sien du coffre, Austin constate qu'il mériterait lui aussi d'être allégé. Austin pense que la plupart des produits ne servent à rien. Mais, même si dans la plupart des cas, trois ampoules suffiraient à son job, l'expérience lui avait montré que c'était justement le jour où il avait décidé de se passer d'une drogue qu'il en avait eu le plus besoin. Du coup, il garde tout… et ne se pose plus de questions. « On verra ça plus tard », pense-t-il en enfilant son baudrier à l'arrache.

Doté d'une confiance inaltérable, Jalabert est une figure du secours en montagne. Il était déjà là le jour où Austin a mis pour la première fois ses fesses dans un hélico et il n'est pas prêt de s'en aller, indifférent aux multiples promotions dont il aurait pu jouir en acceptant de se faire balader à perpète. Sa vie est à Chamonix et nulle part ailleurs. Il a une formation de plombier zingueur, un bon accent local et un franc-parler qui ne passe pas toujours bien sur les ondes. C'est la seule chose que redoute son chef, le commandant Chicheporte : « Surtout, ne jamais laisser Jalabert s'exprimer devant les journalistes ! » Jalabert et Austin s'entendent à merveille, et puis, force est de reconnaître que c'est souvent avec lui qu'il se tape les secours les plus rocambolesques. Une relation secrète et inaltérable s'est établie entre eux, complètement indépendante des rapports lunatiques qui fluctuent entre les secouristes du PGHM et le corps médical, deux corporations issues de milieux différents qui collaborent envers et contre tout. Avant que le médecin ne se fasse une place au sein de l'équipe, le mode opératoire des secouristes était basé sur la rapidité de l'intervention, une stratégie de course contre la montre. Une fois le médecin intégré, il a fallu se battre pour changer les habitudes. Les divergences ont créé quelques remous, certains voulant systématiquement continuer à ramener au plus vite les blessés à l'hôpital, comme s'ils allaient leur péter à la figure, les autres faisant parfois trop de zèle pour médicaliser sur place alors que rien ne le justifiait. Austin et Jalabert ne se posent jamais ce genre de questions entre eux. Quand ils partent en mission, la conversation dévie rapidement sur des aspects plus pratiques de la vie quotidienne : l'état de santé de la tuyauterie dans le chalet d'Austin par exemple. Jalabert a déjà passé quelques soirées à lui sauver la mise avec des raccords de fortune. Pour lui donner le change, Austin lui a dégoté un rendez-vous avec Pénélope, la gastrologue de l'hosto. Après cinquante balais et vu ses antécédents familiaux, Jalabert doit se faire réviser la sienne, de tuyauterie… digestive s'entend ! Une tuyauterie qui ne supportera pas les raccords de fortune contrairement à celle de son mazot. Ça ne l'enchante guère et il cherche à se défiler par tous les moyens, prétextant qu'il préférerait aller voir un bon Stallone au cinéma plutôt que de se faire enfiler une caméra dans le trou de balle.

Jalabert sort tout juste du local à matos avec la perche Franco Garda[16] dans la main et le sac sur l'épaule.

« Oh ! Jalabert, tu m'as beurré mes tartines j'espère ? Je suis à la bourre !

– Salut Austin. Pour la tartine, tu repasseras : je t'ai pris le sac de réa, l'oxygène et le scope, ça ira ?

– Super, merci Jalabert, mais moi non plus je n'ai pas besoin d'outils pour travailler, ça m'encombre !

– Pour faire de la réa, il te faut bien deux ou trois engins, non ?

– La réanimation, tu rigoles ? Et la médecine par les plantes, tu connais ?

– Bon allez, magne Power ! Y'a la turbine qui chauffe et c'est grincheux aux commandes. Il va encore rouspéter. »

Une fois le matériel bien calé au fond de l'habitacle, tout

16 - Nom donné au dernier brancard, né du secours en montagne, qui permet de treuiller et transporter les victimes en hélicoptère.

ce petit monde s'engouffre dans la machine par la porte latérale que Christophe verrouille consciencieusement, comme s'il s'agissait d'un départ en vacances. Les casques sont branchés sur écoute. Austin va enfin pouvoir finir de lacer ses chaussures tranquillement. Le bourdon vibre, siffle, s'ébroue et finit par s'arracher sans s'embarrasser de la rituelle mise en piste réglementaire. Cul en l'air, il prend de la vitesse et s'élance pour gagner rapidement de la hauteur. Austin tente de faire le ménage dans les fils de son casque avant de se brancher et enfin pouvoir se faire entendre.

« Salut Vince, salut Toff… Alors, c'est quoi ? »

C'est Jalabert qui, dans son rôle de « chef de caravane », lui donne les premières infos.

« Un gars d'une soixantaine d'années. Au début, son guide nous a dit qu'il était épuisé, puis en discutant un peu, le type serait cardiaque et il aurait comme une oppression, ou une douleur… difficile de savoir. J'ai quand même pensé à l'infarctus… Qu'est-ce t'en penses ? on s'est déjà fait avoir, pas vrai Austin ?

– Jalabert, t'es trop fort ! le chambre Austin.

– Sans déc', c'est mieux que tu viennes, non ? »

Austin lui met une tape sur l'épaule en lui décochant un large sourire.

« Jalabert, avec toi, je pars les yeux fermés ! J'ai toujours dit que t'étais le meilleur, mais j'étais en pyjama quand on m'a appelé… »

Jalabert secoue la tête d'un air complètement désabusé.

« T'en tiens une couche toi, ce matin ! »

« Gros bourdon bleu » remonte vaillamment la vallée Blanche en ra-da-da, à quelques dizaines de mètres des crevasses qui, gueules béantes, cherchent à le happer en plein vol. Le gros bourdon les nargue de son gros ventre rond et continue sa route. Dans la foulée, Vince attaque la remontée abrupte qui mène à l'Envers, un étage plus haut. Quelques groupes de skieurs, déjà en action sur leurs ridicules petites planches en bois, s'arrêtent en se rentrant dedans pour regarder le vol du frelon qui file vers son destin. Austin sourit en son for intérieur, en pensant au scénario qu'ils doivent se faire : un peu plus haut, des victimes entre la vie et la mort… seule cette organisation secrète, composée de héros, capable de les sauver… alors qu'en fait, neuf fois sur dix, ce ne sont que des entorses du genou, des flippés ou des gens épuisés. Le mont Blanc est là, face à eux, comme à chaque fois. Mais ce matin, une épaisse couche nuageuse venant d'Italie recouvre déjà le sommet, ce qui ne laisse présager rien de bon la suite.

Choc frontal

Jamila laisse filer son biclou dans la descente des Moussoux, chevelure au vent. Elle pense à Austin, son tendre et irrésistible prétendant. L'air doux du printemps qui monte lui caresse les joues, et malgré son tempérament vif et cartésien, elle ne peut s'empêcher de se laisser aller à rêver. C'est dingue ce que ce garçon peut lui faire comme effet. Comment se fait-il qu'il la mette dans cet état ? Et comment faire pour ne pas craquer devant son air ébouriffé et son regard si déroutant ? Depuis qu'elle l'a vu apparaître derrière le hublot du bloc opératoire, tout s'est mis en chantier dans sa tête. L'impression d'être dans un esquif, surpris par la tempête : les tables, les meubles et les bouquins mal arrimés… tout est par terre ! Austin avait commencé par la taquiner et la bousculer gentiment quand elle se réfugiait dans ses convictions judéo-chrétiennes. Incapable de résister, Jamila avait répondu à ses petits SMS coquins et subversifs glissés çà et là. Des échanges dérivant, au gré du vent et du courant, dans une terre inconnue, une île intime interdite aux autres. Il n'y avait plus de doute sur la nature de leurs sentiments réciproques, ils étaient accros. Un soir où il l'avait invitée à grignoter une pizza en regardant un vieux Colombo ringard, Austin l'avait embrassée dans le cou avec une telle douceur qu'elle n'avait pas eu le cœur de le repousser. Sa main calleuse lui avait caressé la nuque, mais quand il s'était approché d'elle pour poser ses lèvres sur les siennes, Jamila s'était échappée. Une réaction fugace, irréfléchie et inappropriée qu'elle regrettait chaque matin depuis des mois. Quelques journées sans nouvelles avaient suivi. N'y tenant plus, elle l'avait rappelé pour en parler, lui dire qu'elle était désolée, qu'elle avait besoin de lui, de sa présence et de son amitié mais qu'elle ne pouvait lâcher son Karim à qui elle s'était promise dès l'âge de dix-sept ans. Ce qu'elle ressentait pour Austin lui était inconnu et ça lui faisait peur : Jamila n'aimait pas ce qu'elle ne pouvait contrôler. Avec Karim, ils n'avaient jamais réussi à avoir d'enfant, mais elle prétendait qu'elle n'en voulait pas. Austin pensait à tous ces gosses qui n'auraient pas la chance d'avoir une mère comme Jamila, si belle et si chouette, et il ne pouvait l'admettre.

Il y a encore de la neige qui fond sur le bord du trottoir et de l'eau qui ruisselle dans la pente. Jamila vient d'envoyer son petit message, pas vraiment concentrée sur l'état de la Mollard. C'est qu'elle est raide cette route ! Qu'est-ce donc qui rend si ensorcelant ce garçon ? Jamila se demande si ce n'est pas le parfum de sa peau… Attention, ça glisse à gauche, voiture à droite, gros chien errant… Garde le nez sur le guidon s'il te plaît, Jamila ! Oui, c'est ça, l'odeur de sa peau, l'envie de mordre dedans… Oh là, là ! Jamila, mais qu'est-ce que tu nous fais là ? Fais gaffe, ça dérape ! Le Trafic, à droite, gaffe !

Un Trafic blanc et jaune des entreprises Salviati, « eau et gaz à tous les étages », en pleine face : la collision n'est pas violente, mais frontale. BLAM ! Le bruit caractéristique de la tôle qui s'enfonce sous l'effet d'une masse. Garry, le chauffeur, décolle de son siège sous l'effet du choc qu'il prend dans le flanc gauche de sa camionnette. Coup de frein ! Un vélo sans passager passe devant lui et va terminer sa course en zigzagant dans la haie d'un jardinet en contrebas…

Syncope

L'altimètre de bord indique 2 653 mètres. Tous les yeux sont braqués vers le bas, à la recherche d'un indice sur le glacier de l'Envers. C'est toujours difficile de repérer une âme en peine dans ce désert blanc torturé et malmené. Une espèce de conglomérat anarchique en mouvement permanent, que l'on croit reconnaître, mais qui change d'aspect sans arrêt.

« Tiens, voilà notre gars ! » s'exclame Jalabert, le nez sur la vitre, en montrant la direction à son jeune acolyte, dont le diminutif est aussi Seb.

Austin note au fond de lui-même que ça commence à faire pas mal de Seb au PGHM, ce qui facilite les choses : quand on ne se souvient plus du nom d'un secouriste, il suffit de dire « Salut, Seb ! » Une chance sur deux d'avoir bon.

« Ça m'a l'air *clean* », déclare Vince, après avoir évalué rapidement les conditions de stabilité en décrivant une trajectoire circulaire autour de la zone de dépose. « Ça devrait poser sans problème. Je me méfie quand même, ils annoncent du fœhn cette après-midi… »

Puis, après quelques secondes d'hésitation : « Ouverture à droite pour moi ! »

« OK, Vince, intervient Jalabert. Seb, commence à préparer le matos, on va se faire poser avec Austin. Je quitte l'écoute ! » ajoute-t-il en se déconnectant du réseau cabine.

Seb s'affole un peu, ne sachant pas exactement de quel matériel il s'agit, puis tente de retrouver son calme sous le regard apaisant de Jalabert, qui lui confirme d'un hochement de tête que ce qu'il a dans la main devrait suffire. La machine s'approche en douceur du replat sur lequel Vince a prévu de poser son patin. Un énorme nuage de poudreuse se forme, auquel s'ajoute le vacarme de la turbine, plongeant brutalement le groupe au sol dans un univers apocalyptique. C'est l'affolement général ! Seul le guide conserve un calme apparent. Tous les clients sont allongés, écrasés pas la puissance de l'effet de sol qui les aplatit comme de vulgaires insectes rampants. Une veste et une casquette s'envolent et filent droit dans une crevasse, trente mètres plus loin. « Ouverture de porte », annonce Christophe à l'attention de Vince. « Deux secouristes au sol… médecin au sol… fermeture de porte… Tu peux dégager ! » En dessous, ça s'agglutine en rentrant la tête dans les épaules. Choucas s'éloigne enfin, laissant l'ensemble du groupe dans un état de sidération postcritique.

Jalabert, lui, est resté debout, imperturbable, tel un roc. Les nuées se dissipent. Il tente d'abord de repérer où se trouve le malade dans le tas, sans succès. Le guide a l'air content de les voir. Il n'est plus tout seul. C'est un jeune du coin qu'Austin a déjà dû voir dans d'autres circonstances, mais il n'arrive pas à mettre un nom dessus. C'est un guide nouvelle génération : beau gosse, équipement impeccable, Gore-Tex vert pomme, l'écusson du guide assermenté bien visible et les skis larges en prime, histoire d'être sûr de pouvoir skier mieux que ses clients. Serrement de paluches, rituel indispensable, même en cas d'urgence vitale. On ne déroge pas à cette règle. Nicolas – c'est son prénom – les amène sans plus attendre auprès du malade qui s'est blotti un peu à l'écart sur son sac à dos. Austin note d'emblée que ce dernier présente tous les indices du citadin adepte du « tout-compris/rien-compris ». C'est comme ça qu'il surnomme les vedettes qui viennent de loin pour faire un maximum de montagne en un minimum de temps. On sent tout de suite que le choix du matériel a été fait à la sauvette dans une boutique de location à la chaîne. Petits skis de flambeur, exagérément spatulés, blouson en skaï assorti au futal avec bandes latérales fluorescentes, Ray-Ban de compète, et bien sûr, le sac à dos vide, dans lequel on devrait quand même pouvoir dégotter un tube de crème, une carte bleue et deux canettes de bière. Les chances sont maigres d'y trouver une paire de gants de rechange, une Thermos de thé ou une fourrure polaire de secours au cas où… Pas la peine non plus de lui demander s'il sait ce que c'est qu'une paire de crampons ! Avec un guide, rien à craindre ! Fraîchement débarqué la veille au soir, le bonhomme paraît halluciner. Austin s'approche pour faire les présentations.

« Salut ! Paraît que ça ne va pas fort ? attaque-t-il en relevant son masque de ski, que les secouristes mettent pour protéger leurs yeux quand l'hélico se pose à côté d'eux. Je suis le docteur, docteur Novak, et voici les secouristes du PGHM…

– Salut Doc, répond-il, pas vraiment convaincu que ce rouquin au visage hirsute soit vraiment toubib.

– C'est quoi votre nom ? lui demande Austin, pendant que Jalabert sort son petit calepin et son crayon à papier.

– Duranton, Henry Duranton.

– Alors, dites-moi, qu'est-ce qui vous arrive ? Fatigué ?

– Je crains d'avoir surestimé mes capacités, reconnaît d'emblée le sexagénaire un peu confus.

– Il a eu une oppression dans la poitrine, intervient le guide, c'est pourquoi j'ai insisté.

– C'est vrai ? demande Austin, s'adressant à nouveau au Parisien, une gêne dans la poitrine ?

– C'est pas faux, avoue Henry d'un air coupable, comme s'il avait fait une grosse bêtise.

– Et là vous avez toujours mal ou c'est fini ? demande Jalabert.

– Ben oui !

– Oui quoi ? Oui ça fait mal ou oui c'est fini ? lui fait préciser Austin.

– Ça me fait toujours mal, finit-il par avouer, après un petit temps d'hésitation.

– Vous prenez des médicaments ? Vous n'avez jamais rien eu au cœur ?

– Non, j'ai juste un médicament pour la tension et un autre pour le cholestérol, c'est un petit cachet rouge, je ne me souviens plus du nom… Pourquoi ?

– Pour rien ! répond Austin, qui ajoute à l'attention de Jalabert : Je pense qu'on va lui mettre une voie et lui poser le scope pour voir ce que ça donne.

– Une voie ? questionne Henry Duranton.

– Ah ! oui, s'cusez. Une voie, c'est une perfusion.

– Une perfusion ! Ici, dans la neige, mais pour quoi faire ? s'inquiète Henry.

– Vous faites pas de soucis, c'est pareil qu'à l'hôpital, sauf qu'ici c'est un peu plus exotique, argumente-t-il, histoire de détendre l'atmosphère.

– Vous voulez dire que c'est grave, docteur ? demande Henry pas du tout détendu.

– J'ai pas dit ça, mais je pense qu'il faut rester prudent. Cette douleur dans la poitrine n'est pas normale, il faut aller à l'hôpital et faire un électrocardiogramme pour être sûr que ça ne soit pas le cœur.

– Vous pensez que c'est un infarctus ? »

Austin, aurait bien voulu lui répondre que non, mais malheureusement tout portait à croire que c'était bien le cas. Et comme à chaque fois, l'éternel dilemme se posait : le dire au patient, le stresser et accentuer la souffrance, ou lui mentir pour limiter les dégâts jusqu'à ce que l'on soit sûr du diagnostic à l'hôpital ? Il choisit la dénégation.

« Oh là, là ! Comme vous y allez monsieur Duranton, on n'en est pas encore là ! Il faut d'abord faire deux ou trois examens. Des douleurs dans la poitrine, on en voit des dizaines par semaine et toutes ne sont pas systématiquement des infarctus, voyons ! »

« Jalabert rappelle Choucas.

– Choucas de Jalabert ?

– Oui, c'est Choucas, je t'écoute Jalabert.

– Le toubib va médicaliser la personne, on en a pour une

quinzaine de minutes. Puis, se tournant vers Austin, Jalabert demande : Eh ! Power, quinze minutes, ça te va ?

– Ça devrait », répond Austin en ouvrant sa pochette dans laquelle il range son kit de perfusion.

« Choucas de Jalabert ?

– Ouais, de Choucas, je te reçois cinq !

– Bon, ce sera quinze minutes, je confirme, sauf surprise !

– Il entend quoi par "surprise" ? » s'enquiert aussitôt Henry Duranton, de plus en plus crispé.

La question prend de court Austin, qui sait que Jalabert imagine le pire, comme un arrêt cardiaque par exemple… Les autres skieurs ne pipent pas mot, respect total du corps médical.

« Une surprise… je ne sais pas moi, la perfusion qui se bouche, un nuage qui nous plonge dans l'obscurité, que sais-je ? »

Duranton jette un coup d'œil au-dessus de lui, mais ne voit aucun nuage aux environs.

« On ne peut pas dire que la neige soit facile à skier », observe Aline en essayant tant bien que mal de suivre la trace de Tornado. Faut dire que Tornado a décidé d'envoyer la purée, comme il aime à le dire. Complètement excité par l'altitude, il n'arrête pas de godiller en gigotant des fesses, chassant dans les virages, se jouant de toutes les imperfections que la surface irrégulière de la neige lui réserve. Tornado adore les neiges pourries, il prétend que ça le fait progresser. En tête, Zen joue la sécurité. Plus calme, il adopte la technique de la grande courbe, ralentissant, contournant largement les crevasses et évitant toute dépression suspecte, à l'affût du moindre risque. Filou ferme la marche, fidèle à ses habitudes. Aline sent déjà une brûlure au niveau des cuisses. Elle aurait préféré descendre par l'itinéraire classique – beaucoup plus facile – que de passer par l'Envers. S'ils doivent se taper plus de mille mètres de dénivelé pour remonter aux Périades et en redescendre autant sur l'autre versant, s'échauffer progressivement par une descente plus débonnaire n'aurait pas été du luxe. Filou la talonne et elle sent bien qu'il se retient un peu. Aline est la seule nana du groupe. C'est vrai qu'elle aime bien être entourée de garçons, mais être à la traîne dans ce genre de circonstances ne lui plaît guère. Les garçons sont plus attentifs quand elle se trimballe en petite jupe moulante l'été ou en boîte quand elle a un peu trop bu, mais en montagne les mecs ne pensent plus qu'à eux. Blonde et généreuse dans ses formes, Aline n'a généralement pas de difficulté à se faire des copains. Ses amies, pour peu qu'elle en ait, sont plutôt jalouses de son petit cul bien rond et parfaitement proportionné qui fait la une des conversations machistes. Elle le sait. Aline s'en veut un peu d'en jouer, mais comme elle n'a pas grand-chose d'autre à mettre en avant, elle ne voit pas pourquoi elle se priverait. Elle essaye d'être gentille avec tout le monde, généralement ce sont les autres filles qui la repoussent.

Aline est trop tape-à-l'œil : rares sont les garçons qui ne se retournent pas dans la rue. Elle est un peu plus fade quand on la côtoie, comme si la vie lui avait déjà trop donné. Mais depuis qu'elle est avec Zen, la montagne lui a considérablement ouvert l'esprit. Elle a fini par y prendre goût.

La petite équipe atteint la *Salle à Manger* en moins de quarante minutes – étape incontournable de la vallée Blanche, où l'on peut s'arrêter et généralement casser la croûte – ce qui n'est pas mal comme timing avec une telle neige. Le soleil se voile déjà, le fœhn pointe son nez, manquant d'arracher la casquette orange de Tornado, occupé à sortir le saucisson. Zen est assis sur son sac, inspectant de son regard affûté la trace qui monte au pied du couloir de neige caractéristique. C'est un couloir bien raide qui part en biais, passage obligatoire qu'il faut gravir pour franchir ce qu'il aime appeler la « Muraille de Chine ». « Il va falloir remonter maintenant », précise-t-il. D'autres skieurs, au milieu de la trace, sont déjà en plein effort et ont pris pas mal d'avance. Au loin, un autre groupe est déjà au pied du couloir, en train de déchausser pour attaquer la pente de neige terminale qui ne peut se gravir que skis sur le sac.

« On n'est pas en retard sur l'horaire ? » demande Filou, toujours un peu plus flippé que Tornado en montagne.

Zen ne répond pas tout de suite, comme s'il voulait ne pas démythifier la montagne de son inaltérable et menaçante réputation de dévoreuse d'alpinistes.

N'ayant pas obtenu de réponse, Filou se tourne vers Tornado.

« Qu'est-ce que t'en penses Tornado ?

– J'sais pas… On va se le faire en moins d'une heure ce couloir. Pas vrai, Zen ? Dans trois heures on est au train du Montenvers, non ? » Ce disant, il arrache un morceau de sandwich au saucisson en grimaçant. » Aïe ! ma carie, nom de Dieu, quel con ! »

Aline, qui s'était blottie contre Zen en partageant le sac à dos du bout de ses jolies fesses, lui jette un coup d'œil interrogateur, attendant que ce dernier tranche et la rassure tout à la fois.

« On verra bien à quelle heure on rejoint le pied du couloir. Si Aline tient le coup, ça ne devrait pas poser de problème. Le plus long, c'est d'atteindre le pied. Après, il n'y a plus qu'à suivre les traces, ça va vite. À condition que le haut ne soit pas glacé, bien sûr ! »

L'idée de terminer le couloir abrupt sur les pointes avant des crampons n'enchante guère Aline. Zen se lève déjà pour préparer son sac et repartir, signe qu'il n'est pas sûr d'être dans les temps, contrairement à ce qu'il vient de dire.

Une rafale de fœhn vient clore la discussion et sonner le départ. Autour d'eux, de nombreux groupes rangent le pique-nique et s'engagent vers la descente classique. Aline a subitement envie de les suivre. Un hélicoptère survole le refuge du Requin, à la recherche de quelques victimes à se mettre dans le ventre. C'est jamais bon signe de voir un hélicoptère en montagne ! Zen est déjà reparti, peaux de phoque aux pieds, sans demander son reste…

La Redoute

Josiane plonge ses gros bras musclés au fond du carton, extirpant, enroulés dans un flot de papier bulle, tous ses trésors, sous les regards impatients de sa petite basse-cour. À l'arrière des blocs opératoires, la pièce dans laquelle elles se trouvent est plutôt chaleureuse du fait de la proximité de l'autoclave. Dans tous les petits hôpitaux périphériques, l'autoclave, c'est comme la cuisinière à charbon de la grand-mère, un endroit douillet, le coin du petit personnel, un lieu réservé où ne sont pas admis les autres – les meneurs, les décideurs, ceux qui savent tout et, cela va de soi, les médecins. C'est plutôt un endroit où se retrouvent les filles : aides-soignantes, femmes de ménage et, à la rigueur, infirmières de bloc. Seul garçon présent et admis par procuration, sous réserve qu'il ne la ramène pas, Basile, brancardier de fortune, hilare et trop heureux de pouvoir participer aux débats. Pour le plus grand plaisir de l'assistance, Josiane joue la commerciale en chef pour La Redoute depuis de nombreuses années. Elle prend les commandes à droite et à gauche, tout en dirigeant le redoutable réseau du PPVD, Petit personnel en voie de disparition. Attention, Josiane ne comprend absolument rien au syndicalisme de base, CGT, CFDT et autres C-machin. Non, son rôle est autrement plus méritant : elle veille à ce que rien n'altère la cohésion de son club et reste la confidente incontournable en cas de conflit, échauffourée, crêpage de chignons, commérage mal intentionné, spéculation et malversation. Grand Chef, qui la respecte, a toujours trouvé qu'il y avait chez Josiane un peu de mère Teresa, en un peu plus rond et volubile. Elle est capable d'écouter des heures durant les doléances de ses ouailles, mais il ne faut pas la gonfler, car elle a le don de remettre les idées en place, à la hussarde, les pleurnicheuses et les « jamais contentes ».

Josiane ne se méfie que d'une personne : Gisèle. Cette vipère ne la regarde jamais en face. Gisèle est aussi la seule supérieure hiérarchique de Josiane, après le directeur. À ce titre, elle ne met les pieds dans le cagibi qu'en cas de force majeure. Gisèle, que tout le monde surnomme « Roger » du fait de sa physionomie masculine et de l'antipathie qu'elle suscite, n'a pas sa place dans la secte clandestine de La Redoute.

« Un gilet en coton vert bouteille, c'est pour qui ? clame Josiane, comme s'il s'agissait d'un tirage au sort pour la galette des rois.

– Valentine, c'est pour toi ! lance Odette.

– Quoi ? J'ai jamais commandé ça, s'offusque Valentine.

– Non, c'est moi ! intervient Yvette. Montre ! Elle arrache le paquet des mains de Valentine et l'ouvre aussitôt, incapable de patienter plus longtemps. J'espère que c'est ma taille…

– Deux pantalons, taille… 50, c'est pour qui ? reprend Josiane.

– C'est pour toi ! s'esclaffent en chœur Odette et Marie-Thérèse.

– Je vais vous en coller une à vous deux ! » gronde Josiane, de sa puissante voix de matrone. Les deux péronnelles se calment rapidement, s'imaginant aussitôt les dégâts que pourrait causer la grosse paluche de Josiane, même si celle-ci n'a jamais fait de mal à une mouche.

« Bon, personne ? Je les renvoie alors ? »

Elle range les pantalons dans le carton de gauche et plonge à nouveau sa main dans celui de droite.

« Des sous-vêtements… ouah ! super mimi, s'extasie-t-elle. De la dentelle blanche, à qui l'trésor ? »

Toute mignonne, Solange, la petite dernière de la tribu, s'avance en rougissant pour venir chercher sa commande, pendant que des sifflements d'admiration l'accompagnent. Odette, toujours la langue bien pendue et un peu jalouse, ne peut s'empêcher de commenter…

« Pour les bonnets, ça doit pas dépasser le A minuscule, j'imagine ! Alors, hein… faut quand même pas exagérer.

– Ça peut encore pousser un peu, la défend Josiane. Tiens Solange, fais-toi plaisir… » Mais Solange paraît hésiter.

« Euh ! Josiane, j'avais pas commandé du blanc, j'avais demandé du bleu pervenche ! »

Josiane regarde le paquet surnuméraire d'un air étonné, d'abord inquisitrice, puis se reprend aussitôt, un peu gênée…

« Ah ! oui, laisse tomber, c'est pour moi ça !

– Quoi ? Tu prends du 34 avec de la dentelle blanche, laisse-moi rigoler ! s'esclaffe Odette.

– C'est pas pour moi ! réplique Josiane, un chouïa vexée.

– C'est pour qui ? On peut savoir ? insiste lourdement Odette.

– Euh… c'est pour Jamila, voilà ! Je lui ai acheté ça, c'est une surprise alors motus !

– Arrête, Josiane, me dis pas que t'en pinces pour Jamila ? Je sais qu'elle est mignonne, mais quand même !

– Mais non, bécasse ! N'importe quoi… Je lui offre pour Austin, je suis sûre qui va adorer ça, le p'tit.

– Pour l'instant, c'est plutôt Karim qui en profite, non ?

– Bah bah bah ! Faut qu'elle y laisse tomber son Karim. Elle est pas heureuse… Elle s'est mariée trop jeune, j'te dis. C'est Austin qui lui faut. T'as qu'à voir, y z'arrêtent pas de se tourner autour. Ça va le faire. Pour ces trucs-là, t'inquiète, j'me trompe jamais ! »

Tout le monde s'écrase plus ou moins en gloussant, sachant très bien que dès qu'il s'agissait d'Austin, Josiane devenait étonnamment susceptible, et surtout, incorrigible.

Une seringue de lait ?

Un étage plus haut, dans le service des soins intensifs, Jacques-Henry attend patiemment la suite, calme et sûr de lui, le sarrau, d'un bleu immaculé, bien serré à la taille. Pas la moindre mèche ne dépasse de sa charlotte, seul son regard d'oiseau de proie perce au-dessus du masque blanc, à travers le verre épais des lunettes que l'on utilise pour se protéger des éclaboussures de sang. Magalie trouve que Grand Chef ressemble à un hibou de laboratoire, mais se garde bien de le lui faire remarquer ; se gausser ouvertement des personnes avec qui elle travaille n'est pas son genre ! Remontée comme une pile, elle s'active autour du lit pour préparer l'intervention qui va suivre. Elle étale sur la table de travail un champ propre et y dépose le kit complet de drain thoracique. De l'autre côté du lit, James, l'infirmier anesthésiste de garde qui a été réquisitionné par Vidal, fredonne une petite chanson paillarde en collant des étiquettes sur les seringues qu'il vient de remplir. Le rituel consiste ensuite à équiper le patient de tout ce qui pourrait être utile pour surveiller ses constantes vitales pendant la pose du drain. Sous les champs de tissu jetable soigneusement disposés en auvent et maintenu à l'aide de clamps par le pied de perfusion, le pauvre gardien de la paix – un certain Régis Plantier de la brigade du Puy-en-Velay venu passer quelques jours de vacances bien mérités à Argentière – est déjà dans le gaz. Un peu de sel, un peu de poivre et beaucoup d'oxygène dans le masque... Ne reste plus qu'à pousser sur le piston de la seringue blanche, qui attend patiemment dans la main de James, le bourreau de service, pour l'assommer totalement ! Le produit que contient la seringue, c'est la potion magique de l'anesthésie de base : le propofol. Bien que ce produit ait la couleur du lait, son efficacité est tout autre. Si le lait, ça vous endort un chérubin en quelques minutes, le propofol, lui, vous assomme un cheval en quelques secondes. Heureusement, quand il est bien dosé, le patient doit normalement se réveiller une heure plus tard et vous demander quand doit débuter l'intervention. Suffit de lui dire que c'est fini.

Régis Plantier n'a pas choisi la bonne semaine pour s'octroyer quelques jours aux sports d'hiver. Il avait pensé venir la semaine d'avant, mais ses copains ont réussi à le convaincre de partir avec eux la semaine d'après. « C'est tellement plus sympa d'aller faire les cons à plusieurs ! » avait commenté Grand Chef. La semaine dernière, la souche sur laquelle il venait de s'empaler aurait été recouverte de neige et sa chute aurait été amortie sans problème. Pas de bol ! Ne jamais contrarier le destin ! Si Régis avait manqué son virage, la souche, elle, ne l'avait pas raté. Sept côtes pétées... Dieu que ça fait mal ! Il avait gardé un souvenir plutôt flou de la suite des événements. L'impression d'étouffer, l'arrivée d'un hélico, des types qui lui assènent des trucs incompréhensibles au-dessus de la tête, du genre « Allez Régis, t'endors pas... Bats-toi ! On est là, Régis ! » Un gars en rouge lui avait alors planté une aiguille dans le bras, puis, plus rien. Enfin, si... un boyau étroit dans lequel des excités tentaient de le faire passer malgré lui. La douleur qui revenait sans cesse, des cris de fous qui l'assaillaient en lui hurlant de se calmer. La sensation de se faire dépouiller de ses vêtements par des diables tout blancs avec de grandes dents et lui, tremblotant, tout nu sur une planche. Ensuite, le grand sommeil agité, avant un réveil dans ce foutu lit d'hôpital, au milieu d'une équipe de zombis masqués, qui s'affairaient autour de lui à dérouler des tuyaux, lui brancher des tas de fils sur la poitrine et déplier dans tous les sens des espèces de draps en papier. Il avait bien essayé de bouger un peu, mais la douleur l'avait vite rappelé à l'ordre. Seules cette sensation cartonnée qu'il avait sur sa poitrine et l'impression étrange de planer le rassuraient un peu.

« Bon, ça vient ces gants ? On ne va ne pas y passer la nuit tout de même !

– Oui, docteur Vidal, pas d'affolement, ça vient. Faut quand même faire les choses correctement, je n'ai pas quatre mains !

– D'accord, mais j'ai encore quarante mille trucs à faire. Ensuite, il y a la fifille à Kamel. Va falloir lui mettre une voie centrale, comme si je n'avais pas assez de boulot comme ça !

– La "fifille à Kamel" ? Qu'est-ce que vous entendez par là, docteur ? demande Magalie en interrompant ses préparatifs et en se tournant vers lui, qui tient les mains en l'air pour ne pas souiller ses gants.

– C'est la mère Cazenave, elle ne va pas fort… Kamel veut nous la refiler pour poser une centrale. Je ne vais pas commencer à mettre toutes les voies centrales de l'hôpital quand même ?

– Vous les posez si bien docteur, répond Magalie, le sourire en coin.

– Oui, bon, ça va Mag ! Ce n'est pas la peine d'en rajouter. Pas de ça avec moi, voulez-vous ! rétorque Grand Chef, un peu flatté quand même.

– Sincèrement, docteur, je ne dis pas cela pour gonfler votre ego qui a déjà dépassé la cote académique, soit dit en passant, mais si c'était ma grand-mère, je préférerais qu'il en soit ainsi. »

En regardant Magalie s'affairer, Grand Chef se dit une fois de plus qu'il aurait bien du mal à se passer d'elle. Magalie ne se laisse jamais démontée, même quand il est odieux, et c'est probablement ce qu'il apprécie le plus en elle. Ce n'était pas comme cette potiche de Murielle. Quel boulet celle-là ! Magalie, elle, sait le remettre en place avec une simplicité déconcertante. Magalie s'exprime toujours avec clarté et déteste les gros mots. De jolies boucles tombent tout autour de son joli minois. Elle a toujours l'air de sortir de chez le coiffeur, de son parfumeur ou des deux à la fois. Même quand c'est la guerre dans le service, quand ça déborde, quand ça hurle, que ça vomisse, que ça crache ou que ça pète, Magalie reste zen. Quand il faut gérer l'incontinence totale et incontrôlable d'un patient au bout du rouleau, elle esquisse une grimace furtive, rien de plus. Murielle, c'était plutôt le contraire : en fait, elle n'était pas si vilaine que ça, mais faisait tout ce qu'il fallait pour s'enlaidir « en commençant par s'habiller comme un sac » aimait-il à préciser !

« Pour les gants, ce sera…

– … du 8, je sais docteur, ça vient. Dans quelques secondes, vous allez pouvoir vous exprimer pleinement. Encore un peu de patience. »

Grand Chef enfile ses gants avec dextérité et le rituel claquement du latex sur la peau, celui qu'on n'entend jamais dans les films. Il dépiaute ensuite avec application le kit de drainage thoracique que lui présente Magalie pour en extraire la panoplie complète du parfait petit réanimateur. D'abord le champ stérile qu'il dispose sur la table de travail, puis, bien rangés les uns à côté des autres, tous les outils qui vont lui permettre d'inciser la peau, d'y introduire le drain et de le fixer.

« Dites mon p'tit, pourriez me décrocher la radio qui est à l'envers et me la remettre à l'endroit sur le négatoscope, vous seriez un amour ? demande-t-il comme s'il récitait du Molière.

– Je vous rappelle, Votre Honneur, que c'est vous qui l'y avez mise, répond Magalie.

– Je sais, mais *nobody is perfect* et tant qu'à faire, je préfère mettre le drain du bon côté, ça fait plus sérieux. »

Jacques-Henry Vidal s'approche du négatoscope, baisse le menton et passe le regard par-dessus ses lunettes pour vérifier que la poche d'air qui comprime le poumon se trouve bien du côté où il va s'exciter. C'était idiot de se tromper et trop facile de ne pas se tromper, mais quelques histoires de chasse de médecins trop sûrs d'eux traînaient dans les annales. Jacques-Henry ne voulait à aucun prix faire partie de la liste, pas lui ! Sur le cliché, on voyait de façon assez évidente que les côtes fracturées avaient perforé la plèvre, cette membrane fragile qui enveloppe les poumons et les maintient en expansion par dépression. La perforation de la plèvre est une complication classique que l'on peut déplorer quand les fractures de côtes sont importantes. L'air, attiré par la dépression, s'insinue par la brèche entre la plèvre et le poumon, le réduisant à la taille d'un haricot, ce qui le rend inefficace. C'est la raison pour laquelle Régis Plantier suffoquait depuis ce matin. La seule chose à faire, c'était de planter un drain dans cet espace, en principe virtuel, et d'aspirer l'air qu'il contenait pour ramener le poumon à la paroi.

« Bon… le gazier, tu vas pouvoir envoyer la sauce ! ordonne Grand Chef en se munissant de son scalpel pour inciser la peau.

– Et POUF ! C'est parti », annonce James en vidant la seringue dans la tubulure de la perfusion.

Grand Chef se donne quelques minutes, le temps que le produit agisse, avant d'inciser. Il plonge une pince fine dans l'ouverture et farfouille à l'intérieur pour écarter les fibres musculaires qui défendent l'accès à la cage thoracique. Il repose alors la pince et saisit l'énorme drain – une grosse aiguille à tricoter, manchonnée d'une gaine en plastique – en prenant soin de le tenir du bon côté. Les rides du front commencent à apparaître, preuve qu'il force un peu et que l'acmé du geste se fait imminent. Le drain s'insinue dans la brèche qu'il vient de faire. Il l'enfonce jusqu'au contact du bord supérieur de la quatrième côte sous l'aisselle. « C'est comme ça que c'est écrit dans les livres... » commente-t-il, pour combler le silence qui pèse maintenant dans la pièce. « C'est là, quand on franchit la paroi, que ça devient sinistre ! » poursuit-il en imitant le ton sadique du docteur Folamour. « Attention... et CRAC ! ». Horrible son qui retentit. Comme toujours, lorsqu'elle entend ce bruit, Magalie pousse un petit cri. Une façon à elle de participer à la souffrance du patient, lequel ne sent rien puisqu'il dort profondément.

« Ça y est, elle a poussé son cri, c'est que je suis dedans, touché coulé ! » ajoute-t-il à l'attention de Magalie, en retirant le guide du drain en plastique qui reste en place.

– ...

– Y'a plus qu'à le fixer à la peau et à le brancher. Mag, tu vérifies si ça bulle ?

– Ça bulle, chef ! confirme Magalie.

– Très bien, je termine tranquille et je vais voir le Gros !

– Ah bon, on n'enchaîne pas avec madame Cazenave pendant que vous êtes chaud, docteur Vidal ? s'étonne Magalie, en fixant le tuyau du drain de l'aspiration.

– Non, après...

– Ah ?

– Oui, quelques petits soucis à régler. Il va encore me prendre la tête !

– En attendant, ça bulle bien, docteur !

– Au poil ! Radio de contrôle et je me casse, j'en ai pour une bonne demi-heure !

– Et pour madame Cazenave ?

– Fais-la descendre ! »

Grand Chef vise la poubelle en bandant les gants à la manière d'un lance-pierres, se donne quelques secondes de concentration dans un silence de mort, tire… et rate.

« Ah ! mauvais présage… »

Les gants s'écrasent mollement sur le mur et glissent sur le sol, à dix centimètres de la poubelle.

« Bon, alors, dites-moi tout madame Daltonnet, qu'est-ce qui vous arrive ce coup-ci ?

– Comment ça, qu'est-ce qui m'arrive ? Vous en avez de bonnes, je veux savoir pourquoi on cherche à m'empoisonner, c'est plutôt à vous d'engager des poursuites, non ?

– Je ne suis pas inspecteur de police madame Daltonnet, je suis docteur…

– Justement, c'est à vous de faire le constat, j'ai des traces dans mon corps !

– Des traces de quoi ?

– De poison, quelle question !

– Quel genre de traces ?

– Voyons, jeune homme ! Des traces sur le foie, le cœur et probablement dans mon cerveau. Je sens bien que je ne suis pas dans un état normal. Ne me dites pas que cela ne vous saute pas aux yeux ? »

Patt soupire un grand coup, sous le regard perplexe de Justine. Il a dans les mains la lettre que les pompiers lui ont remise. Madame Daltonnet l'a rédigée d'une main tremblotante, à l'ancienne, avec des pleins et des déliés, prenant soin de bien insister sur la ponctuation, comme s'il était capital de reprendre de profondes inspirations entre chaque phrase. « *Bien sûr, je suis réveillée depuis deux heures du matin où j'ai repris mes esprits. Mais je me répète un peu, je suis Geneviève Daltonnet propriétaire de somptueuses résidences dans la vallée de la vengeance. J'ai compris l'inquiétude qui plane sur mes aïeux, le grand vandale est là sur moi et prend possession de mon corps. Qu'y a-t-il au cinéma, un monstre qui monte de Sallanches, mes filles sont là, veulent ma peau, me noyer dans la fange, sauvez-moi…* »

Patt se gratte la tête d'un air dubitatif, parvenant même à garder un visage impassible et tout son sérieux, grâce à son tempérament peu expansif et taciturne.

« Où sont vos filles, madame Daltonnet ?

– Pas loin, je vous assure, elles me guettent. Elles ont réussi à soudoyer Géraldine, alors…

Patt se tourne vers Justine, interrogatif :

– Géraldine, c'est qui… son ADMR ?

– Oui, je crois que c'est la dame qui attend en salle d'att…

– Je serais vous, je lui confisquerais son sac sans plus attendre, s'empresse de la couper la grand-mère. Je ne serais pas étonnée qu'elle y mette ses pilules d'arsenic !

– Madame Daltonnet, il y a aussi le docteur qui vous donne des pilules, vous les prenez ces pilules ?

– Ah, je vous vois venir mon garçon, vous êtes des leurs ! Si vous croyez que je vais avaler ces pilules de la mort, vous vous fourrez le doigt dans l'œil. Je ne suis pas tombée de la dernière neige ! »

Infractus

Austin vient de poser sa perfusion. Vaut mieux anticiper avec ce genre d'individu. D'expérience, il sait que ce n'est pas l'intensité des signes ou de la douleur qui conditionne le risque de faire un arrêt cardiaque. Suffit que la nécrose se développe dans un secteur stratégique du cœur, là où circulent les fibres conductrices par exemple, pour que la fibrillation ventriculaire fasse son entrée en fanfare. Si cela devait arriver au cours du transfert, dans l'hélico, le cathéter lui permettrait de lui balancer de l'adrénaline dans les veines. Jalabert commence à ranger tout ce qui dépasse, pendant que Seb s'évertue à noter soigneusement sur son petit carnet, avec un crayon à papier, le pedigree de la victime. Soucieux de faire son boulot de gendarme-secouriste correctement, il l'interroge comme s'il s'agissait d'un homicide volontaire : nom, prénom, lieu et date de naissance, adresse exacte… puis, pour terminer, la question qui tue :

« Monsieur Duranton, est-ce que vous désirez porter plainte ? »

Monsieur Duranton ouvre grand les yeux et lui demande de répéter, croyant avoir mal entendu.

« Vous dites ?

– Je vous demande si vous désirez porter plainte contre votre guide ? »

Nicolas, le guide, qui rangeait les affaires dans son sac et tentait de réorganiser ses troupes, s'étrangle.

« Non, enfin… j'en sais rien ! Non, je ne vois pas pourquoi.

– Bon, d'accord », conclut Sébastien d'un air entendu en refermant méticuleusement son calepin avec l'élastique.

Duranton regarde son guide déconcerté et hausse les épaules, aussi surpris que lui par cette mauvaise devinette. Jalabert, qui s'en revient de son petit tour du propriétaire, n'a rien entendu ; il est plutôt attentif à la configuration des lieux pour anticiper la récupération du blessé.

« Austin, t'as besoin de quelque chose encore ?

– Oui, du vieux scope, avec l'électro ! »

Austin vient de se rendre compte que le Transcope IF2 ne fonctionne pas. Soit le réseau de transmission 5G+ est saturé, soit l'antenne n'est plus active, soit encore il peut s'agir d'un conflit dans les process de transmission. À force d'être à la pointe et de servir de centre de test, on finit par en supporter les conséquences. Cet appareil révolutionnaire permet d'enregistrer l'activité électrique du cœur et de transmettre instantanément au centre de cardiologie pour une analyse en *live*. Au SAMU, un tout nouveau *call center* informatique étudie le tracé, sans qu'aucun cardiologue ne soit obligé de le décrypter. Il confirme seul le diagnostic, en tenant compte des paramètres cliniques communiqués : intensité de la douleur, âge du patient, facteurs de risques, sexe, circonstances, etc. Il valide la procédure que l'urgentiste doit appliquer sur le terrain. Pour un infarctus, de nouvelles drogues hyperactives peuvent traiter la lésion avec efficacité, à condition de les administrer le plus rapidement possible. Ces drogues peuvent aussi entraîner des effets secondaires graves, tels que des hémorragies cérébrales ou digestives, d'où l'importance de ne les donner que lorsque le diagnostic est confirmé et en l'absence de contre-indications. Chaque minute compte. Ne pouvant appliquer la procédure, Austin se demande s'il ne va pas avoir d'ennuis. La seule solution, c'est de faire rapidement monter le vieux *life pack* pour faire l'électrocardiogramme et évaluer lui-même le tracé sur place. La décision va reposer sur son seul diagnostic, comme au bon vieux temps, ce qui le laisse un peu fébrile. Austin se rend compte qu'il n'a que son scope miniature, qui ne donne qu'un tracé linéaire. Avec ça, il ne peut voir qu'une seule dérivation.

« Grincheux va gueuler, c'est sûr, insiste lourdement Jalabert, tu vas finir par me le mettre de mauvais poil pour la journée.

– Désolé, j'assume, mais il me le faut, car si c'est ce que je pense, faudra l'emmener directement à Annecy pour l'angioplastie. »

Duranton, qui intercepte la conversation, pâlit.

« Une "angiopastis", c'est quoi, docteur ?

– Non, une angioplastie !

– Oui, d'accord, c'est quoi ce truc ?

– Disons, que… voilà… la douleur que vous avez dans la poitrine ressemble fort à une douleur provenant du cœur. Comme on est en altitude et qu'il y a moins d'oxygène, l'effort que vous avez fourni a dû être un peu trop violent. »

Duranton commence à comprendre tout doucement ce qui lui arrive mais n'ose affronter la vérité. Austin s'en rend compte. Il faut choisir le moment idéal pour prononcer ce mot qui fait peur à tous les hommes sédentaires, stressés et fumeurs, ce mot qui, à lui tout seul, fait monter la pression sanguine et accélérer le rythme cardiaque, l'« infarctus ».

« Mais, le cœur : vous voulez dire mon cœur à moi ?

– Oui, le vôtre, monsieur Duranton. Il s'agit du vôtre, on est bien d'accord.

– Qu'est-ce qui n'irait pas ?

– Les coronaires – vous savez, ces petites artères qui se baladent à la surface du cœur pour le nourrir – eh bien, il y en a peut-être une qui est en train de se boucher. C'est ça qui vous fait mal.

– Mais maintenant, j'ai plus mal, rétorque Duranton un peu sur la défensive.

– Normal, je viens de vous faire un peu de morphine, mais ça ne débouche pas vos artères pour autant.

– Bouchées par quoi ?

– Bouchées par un athérome. C'est comme s'il y avait un peu trop de graisse dans la tuyauterie… »

Duranton craque :

« Bon allez, vous pouvez me le dire… c'est un infractus ?

– Infarctus…

– Hein, doc ? C'est à ça que vous pensez ?

– Je ne peux pas vous le certifier avant d'avoir fait l'électrocardiogramme, mais c'est fort probable que cela soit un infarctus. »

Austin profite alors de ce petit temps mort pour injecter une ampoule de Tranxène, histoire de limiter les effets de ce qu'il vient de lui annoncersur son palpitant.

« Si c'est le cas, on vous emmène directement à Annecy, dans un centre de cardiologie, pour faire en sorte de déboucher au plus vite cette petite artère. »

Jalabert reçoit un appel de Cordial.

« Crampon-Jalabert de Cordial ?

– Oui, j'écoute, répond Jalabert, en s'éloignant un peu du groupe pour tenter de préserver un minimum de discrétion dans ses échanges.

– T'en es où de ta douleur thoracique ?

– On a besoin de l'électro, faudrait que Choucas nous le monte. Suivant les résultats, ça ira sur Annecy ou sur Chamonix. T'as bien reçu ?

– OK, ça marche, je fais le nécessaire. Apparemment, il y a une autre alerte sur l'arête de l'aiguille du Midi. Je lui demande de te monter l'appareil dans la foulée.

– C'est quoi, l'autre alerte ?

– Un dévissage sur l'arête, j'envoie les seconds !

– OK, terminé ! »

Quand Jalabert quitte l'écoute, il s'aperçoit que tous les yeux du groupe sont braqués sur lui.

« Un dévissage… à l'aiguille du Midi, à quel niveau ? demande Bertrand, l'un des plus jeunes protagonistes du groupe.

– J'en sais rien, déclare Jalabert, aussi détendu que s'il s'agissait d'un chien écrasé. J'espère que c'est pas sur le versant Chamonix, y'a plus de mille mètres. En général, quand ils tombent par là… ça le fait pas !

– C'est déjà arrivé ? interroge Bertrand accaparé par son imagination débordante.

– Ben, on va bien en pêcher au moins un par an », répond Jalabert…

Duranton en oublie momentanément son angioplastie, réalisant qu'après tout il y avait peut-être plus grave que son cas.

« Jalabert, de Choucas, tu me reçois ?

– Ouais Choucas, t'es où ?

– Sur toi dans trois minutes, on te dépose l'électro et on file sur l'aiguille, y a du boulot !

– Suis au courant, ça roule, je réceptionne. »

On entend déjà le ronflement qui monte depuis le pied de la mer de Glace. Pile trois minutes plus tard, un peu à l'écart du groupe, l'EC 145 pose délicatement son patin sur un renflement de crevasse, pour larguer l'appareil dans les bras de Sébastien, avant de repartir dans un vacarme épouvantable.

« Sharlone ! T'as ton matos de secours ? »

Assise sur le bord du lit d'un papy de quatre-vingt-quatorze ans, le stéthoscope planté dans les deux oreilles, Sharlone ne comprend pas tout de suite. Très faible, le papy a du mal à tenir assis et Anita, l'aide-soignante du service, le tient par les bras pour que Sharlone puisse réaliser son auscultation pulmonaire sous les omoplates. Sa cyphose dorsale est tellement prononcée que même en s'arc-boutant, Anita commence à avoir des crampes.

Voyant que Juliette est en train de s'agiter, Sharlone ôte son stéthoscope des oreilles.

« Qu'est-ce que tu me racontes Juliette ?

– Y'a le PGHM qui réclame un deuxième médecin pour un secours en montagne, t'as ton matos ?

– C'est pas Austin qu'est d'astreinte ?

– Il est déjà sur un infar et Patt, tu sais bien qu'il ne fait pas de secours !

– Oh ! non, c'est pas vrai, je suis vraiment pas prête. J'espère que ce n'est pas un secours banzaï, sinon je vais rendre le petit déj'... »

Sharlone avait choisi de s'orienter vers la médecine générale ou la médecine interne. Elle est en poste depuis plus de cinq ans et elle exècre l'urgence, non pas pour ce que cela représente sur le plan médical, mais plutôt pour les contraintes que cela génère. Sharlone déteste être surprise, elle aime la rigueur et l'organisation. Prendre le temps de peser le pour et le contre, de gérer ses activités, la vie scolaire de ses quatre enfants et accorder parfaitement ses plages horaires avec le planning de son mari qui n'a pas un métier facile, puisqu'il est éditeur d'un petit journal en proie à de sérieux tumultes. Son assuétude à la vie déjantée d'urgentiste s'est progressivement estompée au fur et à mesure de l'épanouissement de son cheptel. Quand on lui avait proposé, quelques années auparavant, de prendre des gardes hélico, elle avait hésité. Mais il y avait une telle idéologie dans ce service qu'elle avait fini par céder : la principale raison pour laquelle elle avait atterri à Chamonix – suivre son mari – ne pouvait occulter sa vocation – voler au secours des pauvres rescapés de la Providence. C'était la première nana à faire ce genre de boulot.

À la fin du mois d'août, alors qu'elle était de garde avec l'hélicoptère de la Sécurité civile et que la journée s'annonçait relativement calme, Sharlone s'était fait la trouille de sa vie. Vers quatre heures de l'après-midi, une cordée d'alpinistes avait déclenché les secours dans la face sud du Grand Capucin. Cette face était connue pour être le terrain de jeu idéal des adeptes du graton rouge granitique d'altitude, pur produit chamoniard. On y trouvait parmi les plus belles voies du massif sur une verticale rectiligne et repoussante à souhait. La verticalité, c'était à la fois l'ami du grimpeur et l'ennemi du pilote, après le fil à haute tension, le brouillard et le rabattant. Mais c'était un adversaire régulier, qui savait jouer franc-jeu. Le plan d'attaque, lors du treuillage, était déterminé de façon mathématique, voire trigonométrique, puisqu'il dépendait de l'angle que faisait la paroi avec la verticale et de la longueur du câble qui servait à treuiller les secouristes. Ce jour-là, la cordée en détresse pendouillait dans *O Sole Mio*, une voie de onze longueurs ouverte quelques années auparavant par deux guides italiens en manque de chaleur humaine. Cette voie de granit plutôt difficile, mais encore accessible, recélait une longueur clé mal équipée. Dans un des passages difficiles de cette troisième longueur, le grimpeur de tête pouvait glisser un friend[17] dans une fissure providentielle. C'est la raison pour laquelle l'ouvreur n'avait pas jugé utile de mettre un spit à ce niveau. Malheureusement, le soleil n'était pas toujours au rendez-vous dans cette face située à plus de trois mille mètres d'altitude, et la fissure collectait volontiers les suintements qui dégoulinaient. Cette fissure ne pouvait alors plus assurer sa fonction protectrice. Le grimpeur de tête se voyait engagé dans une lutte sans merci, où la chute ne lui proposait d'autre alternative qu'un retour à la case départ : la plate-forme du relais. C'est ce qui s'était passé, et l'appel de détresse, lancé par son compagnon de cordée, spécifiait que le blessé souffrait d'une fracture déplacée de la jambe, suite à un dévissage.

Le temps était clair, mais il y avait quelques soubresauts aérologiques qui rendaient l'approche un peu délicate pour treuiller l'équipe sur la minuscule terrasse, perchée cent cinquante mètres au-dessus du départ de la voie. Sharlone s'était équipée de son casque et attendait son tour, assise sur le siège arrière de la machine, pendant que le pilote faisait son approche. Pour pouvoir maintenir une position stationnaire sans toucher la paroi, le pilote doit garder des repères en fixant un point caractéristique et pour ce faire, se laisser hypnotiser par le cercle orange que dessinent les pales. La machine était tellement proche de la paroi que Sharlone

17 - Coinceur mécanique.

avait l'impression de pouvoir la toucher de sa main. Le mécanicien treuilliste, avec qui le pilote restait en connexion permanente, le guidait comme un chien d'aveugle l'aurait fait avec son maître. Une fois les deux premiers secouristes déposés sur la plate-forme, le mécano avait remonté le crochet pour que Sharlone puisse descendre à son tour. Elle s'était balancée dans le vide, confiante. Et c'est à ce moment précis que tout avait basculé. Arrivée à moins de deux mètres de la terrasse, alors que l'un des deux secouristes lui tendait la main pour la récupérer, l'impression d'être brutalement larguée dans le gouffre, avec cette sensation angoissante que l'estomac vous remonte dans le fond de la gorge. Une forte odeur de brûlé avait suivi. En levant la tête, elle avait vite vu qu'un truc ne collait pas. Secouée comme un prunier, elle avait dû attendre cinq longues minutes que l'hélico retrouve une relative stabilité avant d'être remontée tant bien que mal dans la cabine. L'hélico était parti se vautrer sur le glacier trois cents mètres plus bas. Là, tous en sueurs, ils avaient gardé le silence. Le bout d'une des pâles avait disparu…

Depuis ce jour, Sharlone avait régulièrement des angoisses nocturnes. Elle se réveillait toute moite, obsédée par l'image de cet hélico qui l'écrasait. En attendant de pouvoir arrêter définitivement ce type d'intervention, elle s'était portée volontaire pour s'occuper du petit service des UHCD[18] et avait juste promis de combler les astreintes de secours en montagne en cas de besoin.

18 - Unités d'hospitalisation de courte durée.

Sharlone se lève du lit et laisse tomber le papy en soupirant. Il est aussitôt secoué d'une nouvelle quinte de toux, comme pour la faire culpabiliser.

« Ils viennent quand ? demande-t-elle à Juliette, plantée devant le chariot de pansement.

– Je sais pas, faut que tu les rappelles. »

En disant ces mots, elle lui tend le téléphone sans fil qu'elle avait pris soin de garder avec elle. Sharlone le saisit à contrecœur et compose le numéro du PGHM.

« Allô ? Oui, c'est Sharlone... C'est sûr qu'il faut un deuxième médecin ? Ah ! ouais, évidemment... Dans la face nord ? Vivant ? Non, ce n'est pas possible... Bon, OK, je me prépare. Faut le baudrier je suppose ? OK, dix minutes, ça va ? »

Toujours à l'affût de la moindre information, Justine s'est rapprochée, les yeux bleus grands ouverts. Sharlone la fixe d'un air déconcerté.

« Un mec s'est viandé dans la face nord en voulant doubler, sur l'arête, les autres skieurs qui descendaient faire la vallée Blanche. Il paraît qu'il s'est arrêté sur un sérac, suspendu dans la face. Pas sûr qu'il soit mort. Faut que je me prépare, sont déjà en train de treuiller les "premiers-à-marcher".

– Tu vas y aller Sharlone ? demande Justine tout excitée.

– Pétard ! J'ai pas vraiment envie de me faire balancer là-dedans moi ! Si seulement Austin pouvait terminer son secours et aller là-dessus, tu ne peux pas savoir comme ça m'arrangerait... »

Sharlone se dirige vers le bureau du fond pour aller

chercher les clés de sa voiture, car c'est dans son coffre qu'elle garde en permanence son sac de montagne et ses affaires de treuillage. Réalisant qu'elle n'a que dix minutes pour se préparer, une bouffée d'adrénaline l'inonde subitement. Elle regarde ses mains qui transpirent déjà et se jure de faire en sorte de ne plus prendre d'astreinte. Dans le coffre de son break, elle sort le sac de secours où sont rangées ses poches médicales et ouvre le gros, celui qui contient son équipement complet de secours en montagne. Tout doit y être. Ça, c'est encore une chose qu'elle sait maîtriser. Faut bien qu'elle compense son manque de motivation par d'autres qualités. Polaire, pantalon et veste Sympatex écarlates, chaussures hivernales, crampons, ARVA[19], casque, baudrier, gants… elle enfile le tout à la va-vite. Justine l'observe sans rien dire, l'eau à la bouche, subjuguée par sa mère spirituelle qui va s'envoler dans quelques minutes vers sa destinée.

« Tu veux que je m'occupe de tes patients ? lui propose-t-elle gentiment, pour la soulager de son travail. Je peux me charger de ton petit grand-père si tu veux.

– Ouais, merci, ce n'est pas de refus. Dans ce genre de secours, on sait quand on part, mais jamais quand on revient. Si ça se trouve, ils vont me planter là-haut pendant le reste de la journée. Tiens, je vais me prendre la doudoune dans le sac, au cas où… »

Là-dessus, elle vérifie que sa boîte de stupéfiants comporte ce qu'il faut pour shooter un éventuel polytraumatisé.

19 - Appareil de recherche de victimes d'avalanches.

Le bruit sourd de l'hélico qui enfle au-dessus de l'hôpital se fait déjà entendre.

« Sharlone, l'hélico pour toi. Magne ! hurle Charlotte depuis le PC.

– Merde, déjà là ! » pense-t-elle tout haut.

Sharlone file sur la DZ, profitant de l'ouverture de la porte de service tenue par Josiane, qui, comme par hasard, passait par là. Jean-Marcel, chargé de l'entretien, propose même de porter son sac à la diva Sharlone.

Tous les deux regardent l'EC 145 engloutir la diva et et quitter le bitume encore humide du matin qui traîne. La voir s'élever vers ce point culminant qui fait lever la tête à tous les badauds de passage les enchante, conscients de la chance qu'ils ont de travailler dans cet endroit si singulier. Tous deux regardent cette pointe minuscule érigée vers le soleil à plus de trois mille huit cents mètres d'altitude. Josiane repense alors à la fois où elle est montée là-haut, avec une copine, réaliser sa course du siècle : l'ascension de l'aiguille du Midi par le téléphérique. Une histoire dingue. Son cadeau d'anniversaire pour ses quarante ans, offert par ses enfants. Le cœur palpitant, le souffle court et la goutte au nez, elle était restée plantée sur la terrasse la plus haute, devant cette structure insolite en forme de suppositoire, pointée vers le ciel comme si ça devait décoller d'un instant à l'autre… Apollo combien déjà ?

Disjonction

Comme à leur habitude, les pompiers ont décidé de venir en nombre aujourd'hui. Charlotte les regarde décharger leur camelote de la bétaillère avec beaucoup d'agitation.

« Tiens, voilà la cavalerie. Il y a tout un régiment là-dedans : les stagiaires, les gradés, les volontaires, les femmes et les orphelins ! On dirait une équipe de foot. Tout ça pour nous amener une crise de spasmophilie…

– Dis donc, Charlotte, tu ne serais pas un peu moqueuse ? fait remarquer Basile qui a pris le relais d'Enzo.

– Non, je les aime bien, moi, les pompiers. Mais, ils sont un peu encombrants quand ils débarquent à cinquante.

– D'accord mais, quand c'est la guerre ou quand y'a trois bagnoles dans le décor, on est bien content de les trouver, pas vrai ?

– C'est pas faux, Basile. Toi… tu seras pompier quand tu seras grand ! »

Elle le fixe avec le plus grand sérieux, au garde-à-vous pendant que les pompiers font leur entrée dans le sas. Ils n'ont pas l'air très détendus. Charlotte file au-devant d'eux pour ouvrir la porte du déchoquage comme habitée d'un mauvais pressentiment. Ronan, le chef d'agrès, s'approche d'elle, un peu gêné.

« C'est Jamila, accident de vélo. La pauvre, elle a reçu !

– Oh ! s'écrie Charlotte, c'est pas vrai ! »

Elle reconnaît alors la tignasse noire de Jamila, sous le pansement compressif taché de sang.

Le second, qui prend Basile pour le médecin de garde, récite sa leçon, le bloc-notes en aluminium dans les mains, le nez sur la feuille d'intervention, probablement porteur d'une déficience visuelle.

« Personne de sexe féminin, retrouvée sur le sol suite à une collision avec une camionnette, alors qu'elle conduisait une bicyclette. Traumatisme crânien. Pas de casque. Perte de connaissance initiale. Pouls bien frappé à quatre-vingt-dix-huit. Tension : quatorze sur dix. Fréquence respiratoire à vingt-cinq. Saturation spontanée à quatre-vingt-dix-sept. Plaie du scalp avec saignement abondant, suspicion de fracture de côte à droite, contusion du bassin et suspicion de fracture de jambe à gauche ! Elle a vingt-neuf ans et travaille à…

– Ouais OK, on la connaît, rétorque Charlotte un peu agacée. Elle s'est fait ça où ?

– Descente de la Mollard. Elle s'est pris en pleine face un Trafic Renault d'une entreprise de plomberie qui débouchait sur la droite. Ça a dû être violent car la porte est toute cabossée !

– Elle a pris cher ! » rajoute bruyamment un jeune stagiaire, s'attirant aussitôt le regard noir du chef d'agrès.

Basile s'approche pour donner un coup de main aux pompiers qui s'apprêtent à décharger Jamila sur le brancard du déchoquage. Au moment où il soulève l'attelle de la jambe, Jamila, qui semblait absente jusqu'alors, grimace et pousse un cri et de douleur.

« Oh, désolé ! » fait Basile, croyant que cela vient de la jambe.

Jamila, dans un état de semi-conscience, dirige sa main valide vers le bassin comme pour orienter le diagnostic.

« Pourvu qu'elle ne se soit pas fait un bassin, renchérit Patt, accompagné de Justine, qui a laissé la mère Daltonnet en plan. Bon, Charlotte, qu'est-ce que t'attends pour lui poser sa voie ?

– Minute, j'ai pas quatre mains, nounours. Tu peux me donner ton bras s'il te plaît ? » demande Charlotte à Jamila.

Charlotte attaque le rituel pluriquotidien de la pose de voie veineuse, avec les quatre compresses réglementaires enduites de Bétadine et la pose du garrot pour faire gonfler les veines. Jamila se laisse faire, soumise et anormalement calme. Elle se tourne légèrement pour voir ce que trafique Charlotte, mais reste limitée dans ses mouvements par le collier cervical qui lui bloque la nuque.

Charlotte a trouvé ce qu'elle cherchait…

« Attention, Jamila, je pique ! »

Jamila plisse les yeux, surprise par l'effet du cathéter qui remonte dans sa veine. La perfusion est aussitôt branchée. Le liquide translucide file sous le pouce de Charlotte, qui accélère le débit en louchant sur la petite bulle récalcitrante coincée dans la tubulure.

« Morphine, c'est parti ! Envoie déjà cinq milligrammes pour commencer, chérie ! » fait Patt en commençant à taquiner le clavier de l'ordinateur.

Captivé par les malheurs de Jamila, Jacob met ses mots

croisés de côté et tente de se faire réexpliquer la situation par un des sept pompiers qui semblait désœuvré. En fait, son rôle consiste à récupérer le plan dur sur lequel est allongée Jamila, mais tout le monde semble avoir oublié qu'elle était encore dessus. Jacob tente de voir par la vitre dans quel état elle se trouve. Ses compétences de radiosquelettologue vont pouvoir être mises à contribution. Dans les polytraumatismes à haute synergie, c'est là qu'il est le meilleur.

Madame Daltonnet, que Patt et Charlotte avaient un peu oubliée, tend le cou derrière la porte laissée entrouverte par les pompiers, pour savoir de quoi il retourne.

« C'est-y pas honteux de mettre les gens dans des états pareils ! Encore un coup monté ! Faut alerter le directeur au plus vite ! scande-t-elle de sa voie de sorcière.

– Madame Daltonnet, retournez dans votre box s'il vous plaît, vous n'avez rien à faire ici ! s'énerve Charlotte.

– Comment ça ? On voit bien que vous n'êtes pas visée vous, regardez-moi cette pauvre fille : encore une victime innocente !

– Oui, je sais madame Daltonnet, on s'en occupe. Mais retournez dans votre box, le médecin va revenir vous voir ! soupire-t-elle, à deux doigts de craquer.

– Madame Daltonnet, s'il vous plaît, retournez dans votre chambre, je reviens vous voir, renchérit Patt en la repoussant gentiment dans sa pièce. Et sachez que le directeur n'a rien à voir dans cette affaire. »

Des coulées de neige froide fusent depuis le sommet du couloir. Aline a mal fermé sa capuche et se fait surprendre. Ça lui glace le sang. Deux cordées les précèdent. Elles sont presque sorties, mais semblent se heurter à quelques difficultés. L'appréhension qui la hantait depuis une bonne demi-heure se confirme. Le haut du couloir, normalement débonnaire, est tout en glace. Elle n'a vraiment pas envie de cela. Le jour blanc a maintenant pris possession du décor. Le paysage, qui lui paraissait rayonnant ce matin, a des allures blafardes, et les rafales de vent violent finissent par rendre l'ambiance plutôt sinistre et angoissante. Au-dessous d'eux, Filou et Tornado ne paraissent aucunement perturbés par ce changement climatique. Ils se racontent des trucs dont Aline n'entend que quelques bribes, des histoires de nanas dont Tornado raffole. Tornado a la fâcheuse tendance à draguer un peu trop vite et à larguer encore plus vite, laissant pas mal de filles sur le carreau sans se rendre compte des dégâts qu'il est capable de faire. La conversation porte sur la dernière recrue. Une interne de quatrième semestre particulièrement aguicheuse et plutôt bien foutue. Le problème, c'est qu'elle drague tout le monde. Bien sûr, elle s'est déjà fait pas mal d'ennemies, surtout parmi celles qui sont en poste depuis longtemps et se méfient de ce genre de prédatrice. Elle s'appelle Ève, un prénom à point nommé.

À deux longueurs de la brèche des Périades, les marches, auparavant profondes et bien marquées, ne laissent de place qu'à l'avant des chaussures, rendant les pointes des crampons plus que nécessaires. À deux reprises, Aline dérape et sent les muscles de ses mollets se durcir douloureusement. La corde se tend : Zen ne semble pas disposé à faire de pause, estimant qu'ils sont à deux doigts de sortir et qu'elle doit pouvoir y arriver. Ne voulant pas être responsable d'une glissade, elle met une énergie particulière à planter son piolet dont elle ne sait plus s'il faut l'utiliser par la pointe ou par le manche. Tornado lui colle aux fesses, ce qui n'arrange rien. Elle n'aime pas qu'on lui colle au train.

Aline arrive au col, en nage, de cette sueur froide qui mouille tous les sous-vêtements…

« Dis donc, c'est la tempête ici ! » semble enfin remarquer Tornado en passant la tête de l'autre côté du col pour se faire une idée de l'itinéraire qu'il reste à parcourir.

L'effet Venturi[20] fait de cet étranglement un accélérateur de particules. Le fœhn, qui s'avère être en avance sur les prévisions météorologiques, s'engouffre sans vergogne et cogne ici et là sur tout ce qui dépasse, rebondissant et tournoyant, ivre et fou.

« Il y a deux cordées qui sont empêtrées dans la descente », observe Tornado en s'adressant à Zen, qui love les anneaux de sa corde. Un petit rappel d'une trentaine de mètres entre des cailloux est nécessaire pour prendre pied sur le glacier de Leschaux. Ne pouvant utiliser l'une des deux lignes de rappel habituelles à cause de la promiscuité des autres cordées, Zen

20 - Effet qui définit l'accélération d'un flux d'air par un conduit qui se rétrécit.

s'est écarté légèrement sur la gauche pour se vacher sur une écaille qu'il a cravatée d'une de ses sangles.

« Couvre-toi vite Aline, on se les gèle ici et ça bouchonne !

– On est en retard ? s'inquiète Aline, qui devance une éventuelle réprimande.

– Disons qu'on n'est pas en avance !

– Oui, mais le temps… Ça devait se gâter si vite ?

– Non, mais ce n'est pas si mauvais que ça. C'est simplement parce qu'on est dans un col. Ça ira mieux quand on sera un peu plus bas. Le problème c'est les autres, y en a une qui a l'air bloquée au milieu du couloir. Elle s'est encabanée avec ses skis dans les cailloux et je ne l'ai pas vue bouger d'un millimètre.

– Le problème, c'est qu'on est quatre ! On a dix fois le temps de se faire congeler, constate Tornado.

– Aline, viens jusqu'à moi pour te vacher que je puisse avaler la corde, c'est un vrai sac de nœuds. Décidément, je n'ai pas de bol aujourd'hui.

– Je me suis choppé l'onglée, se lamente Aline en se massant les bouts de doigts, le visage crispé.

– Viens, je te dis, s'énerve Zen, tu te réchaufferas ici !

– Mais je ne sens plus mes doigts je te dis, deux secondes ! Tu fais chier à la fin… »

Zen, prêt à en remettre une couche, préfère se taire voyant Aline blanchir, la larme à l'œil. Quand le sang revient, la douleur de l'onglée peut être syncopale et insupportable. Il préfère se méfier, car il garde le souvenir d'une de ses clientes qui avait réussi à tomber dans les pommes à cause d'une onglée. C'était en janvier, alors qu'il attaquait la première longueur d'une cascade de glace, équipé de son lot de dégaines et de ses broches à glace, casque planté sur le crâne. Quand il avait voulu prendre le mou pour passer la corde dans la dégaine de la première broche, rien n'était venu. Il s'était retourné pour voir ce que fichait sa cliente et, à sa grande surprise, l'avait découverte allongée par terre, inanimée, l'arcade sourcilière en sang. Ce n'était pas l'endroit idéal pour qu'Aline lui fasse le même genre de gag. C'est qu'il y avait un peu de gaz en dessous, de la pagaille et tout le monde faisait un peu n'importe quoi, ce qui est classique quand on se prend un coup de Trafalgar par surprise alors que la journée s'annonçait printanière. La Suédoise, toujours coincée dans le couloir, hurle quelque chose que personne ne comprend et ses amis qui la moulinent commencent à s'impatienter sérieusement.

« Filou, tu peux aller voir un peu plus à gauche si on peut foutre un rappel ? » commande Zen.

Filou, sans se faire attendre, file au-dessus de la brèche, voir s'il n'y a pas moyen de gagner un peu de temps et surtout de s'échapper au plus vite de ce coupe-gorge glacial. Aline en profite pour se blottir sous le relais et tente de faire revenir le sang qui a déserté le bout de ses phalanges.

« Zen, j'ai trouvé un vieux relais qui m'a tout l'air d'être correct, qu'est-ce que t'en penses ? »

Zen regarde tour à tour Filou et la troupe de Suédois qui attendent leur tour pour emprunter le rappel classique.

L'un d'eux le regarde et lui adresse un geste de dépit, conscient que son groupe fout la merde.

« OK Filou, mais rajoute un bout de sangle quand même, je ne veux pas de surprise ! »

Le Gros

« Je ne comprends pas pourquoi vous les défendez, docteur Vidal. Vous trouvez normal, vous, d'aller chercher de la semoule à la vanille à la maison, pendant qu'un type fait son arrêt cardiaque en plein centre de Chamonix ?

– Non, d'accord, ce n'est pas normal, mais il se trouve que là, ça n'aurait pas changé grand-chose !

– Comment ça, ça n'aurait rien changé ? Le type fait son infarctus, le cœur s'arrête, le SMUR arrive avec dix minutes de retard et vous, vous dites que cela n'aurait rien changé ! »

« Le Gros » gesticule en s'énervant sur son siège en cuir. À chaque fois qu'il se penche pour tripoter son gros briquet en or, d'inquiétants grincements s'échappent de la rotule qui supporte l'ensemble du châssis. Jacques-Henry ne comprend pas comment ce fauteuil tient encore debout quand on comptabilise le nombre de crises quotidiennes que son propriétaire, le ventripotent Igor Jarzinsky, est capable d'infliger à ses proches collaborateurs. Obèse et grand fumeur de surcroît, Jarzinsky a le profil parfait du cardiopathe en sursis et se voit probablement inscrit en gras sur la liste du prochain dans la boîte. C'est sans doute pour cette raison qu'il prend cette nouvelle bavure très à cœur. Mais JDB en a vu d'autres, les directeurs passent, mettent trois ans à comprendre comment marchent les choses dans cette vallée, deux ans de plus à foutre le bordel en croyant remettre de l'ordre et se font muter, sans savoir pourquoi, à l'autre bout de la France. Vidal estime que plusieurs générations pourront se succéder avant que les administratifs ne soient maîtres de la situation. Pour le moment, c'est encore au personnel médical qu'incombe cette lourde tâche et heureusement : qu'adviendrait-il des pauvres patients s'il fallait qu'on suive à la lettre les protocoles plutôt que de se fier à leur intuition, véritable soupape de sécurité ?

« Écoutez, monsieur Jarzinsky, le type avait quatre-vingt-sept balais, du cholestérol plein les ratiches, deux coronaires mitées et, pour couronner le tout, son neveu – qui n'a certainement pas inventé le fil à couper le beurre – l'a regardé sans broncher pendant les dix minutes qui ont précédé l'arrivée des pompiers au lieu de le masser.

– Et alors ?

– Vous savez bien qu'après dix minutes, sans massage cardiaque, on ne récupère que des plantes vertes… pour autant qu'il ne l'ait pas déjà été avant son arrêt.

– Je ne veux pas le savoir ! Un SMUR doit être opérationnel vingt-quatre heures sur vingt-quatre et pas chez le boulanger du coin quand il s'agit d'un départ flash !

– Je vous l'accorde, mais avouez que c'est un fâcheux concours de circonstances. Mes urgentistes ne passent pas leur temps chez le boulanger, vu le nombre de postes, entre parenthèses, largement en dessous du quota. Ils sont généralement bien occupés, surtout en pleine saison, où l'on ne sait plus quoi faire de nos malades.

– Faut croire qu'ils sont plutôt occupés à faire la cuisine !

– Faut surtout croire qu'ils n'ont pas le temps de bouffer ! »

Jacques-Henry sent la moutarde lui monter au nez, mais tient bon : encore deux minutes et il va lui foutre son cendrier dans la tronche au Jarzinsky.

« Bon, reprend le Gros, vous voulez m'expliquer ce que je vais raconter à la famille qui vient me voir demain matin ? Je leur propose de la semoule à la vanille ?

– Proposez-leur quelque chose sans cholestérol…

– Vous vous foutez de moi ? »

Grand Chef s'est déjà levé. Il a autre chose à foutre que d'écouter les salades du Gros. Il se promet quand même de passer un savon à Barjavel, le tombeur de ces dames, qui le gonfle sérieusement depuis quelque temps.

« Si vous voulez m'excuser, monsieur, j'ai du boulot, une autre patiente de quatre-vingt-dix-sept ans en pleine santé…

– C'est ça et vous direz à votre protégé qu'il vienne me voir, je ne vais certainement pas en rester là ! »

Vidal prend la porte pour sortir, à deux doigts de la claquer bruyamment comme le font les gosses qui montent bouder dans leur chambre, mais se dit que ce serait lui faire trop d'honneur à l'autre, et ça, il ne le mérite pas… Surtout, ne pas se montrer vulnérable !

Vidal n'a pas le temps de franchir la porte que le Gros l'interpelle une dernière fois :

« Dites Vidal ! pendant que j'y suis…

– Quoi encore, monsieur le directeur ? lance Jacques-Henry.

– J'en profite pour vous dire que les flics vont passer vous voir, vous et plusieurs des membres de votre service.

– Et en quel honneur Votre Honneur ?

– Vol de stups ! Je suppose que vous êtes au courant ? »

Sharlone est livide. L'EC 145 tente pour la troisième fois son approche dans la face nord de l'aiguille du Midi, cette face fuyante et froide qui plonge sur mille trois cents mètres d'abîme. Dans sa partie la plus haute, elle exhibe de monstrueux blocs de séracs suspendus, ce qui lui donne l'apparence d'un gigantesque surplomb. Le fœhn, qui provient du versant italien, déstabilise la machine et c'est précisément sur l'arête de l'aiguille qu'il est le plus traître. C'est un phénomène bien connu des montagnards et les météorologistes l'enseignent comme un grand classique du genre. Ce vent du sud, chaud et humide, vient buter sur une chaîne de montagnes élevées et n'a d'autre alternative que de s'élever pour passer. En prenant de l'altitude, la vapeur d'eau contenue se condense et sature, ce qui provoque des précipitations sur le même versant. L'altitude combinée à l'effet Venturi provoque une accélération de la vitesse et, sur le versant nord, ce n'est plus qu'un vent violent, tiède et sec qui prédomine. En basculant sur le versant Chamonix, des rouleaux et de dangereux rabattants se forment derrière l'arête. Pour un hélicoptère, aussi puissant soit-il, c'est la sensation garantie de se retrouver dans le tambour d'une machine à laver.

« Crampon-Gallet de Choucas ?

– Ouais, c'est Franck… Parle Choucas !

– Sur toi dans trois minutes… C'est comment les conditions sur place ?

– Difficile de se rendre compte, on est un peu protégé du vent à notre niveau, mais on sent des bourrasques et il y a de petites coulées de neige qui n'arrêtent pas de nous tomber dessus.

– Le type, il est comment ?

– Toujours vivant. C'est le fémur *a priori*, il hurle et y'a pas moyen de lui trouver une position qui le calme. Il a un pet au casque aussi… très agité ! Il nous faudrait vraiment le toubib ! T'en as un sous la main ?

– On a mieux que ça, on a Sharlone (Christophe lâche un clin d'œil à Sharlone, blottie au fond de l'appareil et pas d'humeur à rigoler). On va tenter de vous l'envoyer avec les seconds ! »

Sharlone fait tout ce qu'elle peut pour ne pas rendre son petit déjeuner. Elle reste collée au hublot, persuadée qu'il lui faut fixer un point pour laisser une petite chance à son oreille interne de faire son boulot et de limiter les dégâts. Les deux autres secouristes ne sont pas mieux qu'elle, même s'ils font en sorte de paraître à l'aise. Leur mine verdâtre les trahit malgré l'obscurité relative qui règne dans le cockpit arrière. Il n'y a que le pilote qui, paradoxalement, semble prendre son pied.

« Putain, ça secoue… La salope ! commente Vince pour lui-même, délaissant sans complexe le peu de langage châtié dont il use exclusivement derrière son bureau. Attends, je te refais un petit tour et je la prends par-derrière… Voilà, ça doit le faire par là, en douceur… Et là, tu la sens, beauté ? »

Comme pour le contredire, une nouvelle dégueulante le surprend.

« Ouah ! c'est qu'elle se laisse pas faire la chérie ! »

Il refait un passage prudent.

« Bon, va falloir vous préparer et faire fissa, je ne vais pas pouvoir y rester des heures, lance-t-il un brin tendu.

– Tu penses que tu peux nous treuiller directement dessus, deux à la fois pour gagner du temps ? interroge Bastien.

– Tu rigoles ? T'as vu comme je me fais bananer ? On va commencer un par un, si tu veux bien ?

– Si tu le sens pas, on peut toujours installer un treuil depuis l'arête, propose Bastien. De toute façon, si ça se gâte, ça va finir par se terminer comme ça, non ?

– Écoute, ça l'a fait tout à l'heure pour les deux autres, ça devrait pouvoir le faire encore. Pour le moment, les conditions restent gérables. »

Un violent coup de baston déporte subitement la queue de la machine, bousculant les cinq occupants et le bourdon perd une bonne dizaine de mètres en quelques fractions de seconde.

« Ouah, putain la salope ! Bon, va falloir que je m'y prenne autrement ! »

Les deux secouristes se regardent d'un air franchement inquiet, ne sachant pas vraiment comment appréhender les choses. Là-dessus, Vince reprend du large, histoire de se détendre. Il s'éloigne d'une centaine de mètres de la paroi, respire un grand coup et pousse un gémissement comique à la Bruce Lee, son acteur vénéré. Christophe l'observe du coin de l'œil, respectant le rituel ostentatoire qui a fait de Vince l'un des meilleurs de sa promotion.

« Tu le tentes par au-dessus ? s'enquiert-il timidement.

– Y'a plus que ça ! répond Vince en pleine phase de concentration. Je vais me ramener par le haut, descendre doucement, voir si on peut déposer les deux crampons sur l'arête et en profiter pour alléger la machine. Si ça peut le faire, on largue Sharlone sur la victime et on récupère les deux autres ensuite, à moins qu'ils ne restent là-haut pour équiper le treuil. J'ai bien peur que Bastien ait raison. D'ici une heure, si le fœhn continue à forcir, on ne pourra plus faire grand-chose ici…

– Ça vous va comme ça, les gars ? demande Christophe à l'attention des deux secouristes qui attendaient de savoir à quelle sauce on allait les manger.

– Tu fais comme tu le sens, Vince, répond Bastien, mais je pense aussi qu'il va falloir anticiper une évacuation par l'arête. J'espère que le téléphérique ne va pas fermer à cause du vent, sinon ça risque d'être galère… »

Par jour de grand fœhn, le téléphérique de l'aiguille du Midi est parfois obligé de fermer : la benne, malmenée par les rafales, ne parvient plus à rentrer dans le hangar sommital en toute sécurité. En imaginant que l'hélico ne puisse plus voler et que le téléphérique reste en carafe, la situation pouvait devenir franchement critique.

Parvenant enfin à toucher du bout du patin le premier replat, au pied de l'arête, Vince débarque Bastien, Lucky et une partie du matos avant de décoller pour une ultime tentative de treuillage. Il repart se positionner au-dessus du sérac qui a miraculeusement enrayé, deux cents mètres plus bas, la glissade du skieur trop pressé.

« Il va falloir qu'on déroule les quatre-vingt-dix mètres de câble pour éviter de descendre trop bas sous l'arête et se manger un rabattant », annonce Vince à l'intention de son mécano.

Sharlone ne dit rien. De vieux souvenirs lui reviennent en mémoire. Une boule vient de faire son apparition au fond de sa gorge. Elle se sent terriblement tendue. Pourquoi avoir accepté de prendre des astreintes ? C'est encore pire que de faire du secours à plein-temps. Non seulement elle a perdu ses automatismes, mais en plus elle ne peut pas empêcher le hasard de la balancer dans des coups foireux, la preuve ! Avec la chance qu'elle a aujourd'hui, le type qui s'est viandé lui réserve probablement un truc pas possible. Trauma crânien, agité, fémur… la totale quoi ! Comme une envie de pleurer. Elle ôte les écouteurs et les raccroche à leur place, évitant de les laisser traîner sur la petite banquette spartiate où elle se sent bien seule. Sharlone est comme ça. Quand l'angoisse l'envahit, là où d'autres se laisseraient aller à la précipitation, elle s'enfonce dans un calme inhibitif de méditation. Elle fixe son casque sur la tête, un Quechua rouge vermillon pétant le feu, équipement tout neuf qu'elle vient de recevoir en dotation, avec un beau « médecin » collé sur le front, histoire de se faire identifier plus facilement au bout du fil. La belle affaire ! Se remémorer la manip' pour le treuillage : sac pendu entre les jambes, sangle vachée sur la longe de sécurité à l'intérieur de l'hélico, à ne détacher qu'une fois la sangle noire du mécano clippée sur son pontet. Baudrier bien serré, gants, lunettes. Le sac de réa est prêt à suivre… Sharlone fait signe à Christophe de ne pas oublier de le faire descendre après elle. Il acquiesce du menton, tout en accrochant Sharlone au crochet du treuil, qui ressemble plus à une grosse bouée de sauvetage orange qu'à un crochet de secours en montagne. En quelques secondes, Sharlone se retrouve assise au bord, porte ouverte, béante sur le vide. Une rafale déchaînée lui rappelle qu'elle se trouve juste sous les pales de cette incroyable invention, pales qui gravitent à trois cent quatre-vingts tours minute. Une fois de plus, elle se demande comment cette chose peut les maintenir en l'air sans que n'intervienne une quelconque force divine. Après le signal conventionnel du pouce dressé – qui, pour l'heure, serait plus approprié s'il était dirigé vers le bas – Christophe la remonte de quelques dizaines de centimètres pour la suspendre à la potence, la faisant définitivement perdre pied. Un coup d'œil vers le bas, un coup d'œil en haut, que choisir ? Au-dessus de la potence… c'est la guillotine. Sans vergogne, avec un dernier regard entendu, il la lâche dans le trou, tournoyante et vulnérable, abandonnée au sort que lui réserve le choix qu'elle n'a pas fait.

Sus-décalage

Jalabert commence à s'impatienter. Austin lui a fait comprendre que l'électrocardiogramme était franchement suspect. Bien qu'il n'ait pas eu à se servir depuis longtemps de ce vieil appareil, le pathognomonique sus-décalage de l'onde ST[21] est suffisamment net dans deux dérivations consécutives pour que l'on puisse avancer le diagnostic d'infarctus du myocarde sans se tromper. Austin a dû l'avouer à l'intéressé, qui est devenu plutôt silencieux. Ses trois copains tentent bien de lui remonter le moral, mais Duranton fait triste mine. Lui qui se croyait si fortiche, presque immortel, le voilà relégué au rang des handicapés, des fragiles et des laissés-pour-compte. Tout ça pour un bout de papier rose que le rouquin a sorti de son boîtier, comme le magicien un lapin de son chapeau, sauf que là, on n'est pas au cirque. Il lui a expliqué que cet examen est primordial, qu'il signe le diagnostic à quatre-vingt-quinze pour cent. Il a surtout signé son arrêt de mort ! Et la douleur qui reprend n'est pas là pour le rassurer.

« Cordial de Jalabert, tu me reçois ?

– Jalabert de Cordial, je t'écoute !

21 - Anomalie électrique sur l'électrocardiogramme qui signe l'infarctus.

– T'as des nouvelles de Choucas ? On a une petite urgence, tente-t-il de minimiser.

– Oui, Jalabert. Il est en train de treuiller Sharlone à l'aiguille, je le laisse finir et te rappelle dès que possible. J'ai l'impression qu'il a quelques problèmes, j'attends qu'il s'en sorte. T'as une destination pour ton bonhomme ?

– Ben ouais, faudrait que t'appelles le 112 pour une place en cardio. Le cardio-transmetteur du doc est en rade !

– Dis-lui d'appeler Patt aux urgences pour une angioplastie. Il comprendra et saura mieux expliquer au 112, intervient Austin.

– Ah ! ouais, reprend Jalabert à l'adresse du planton à la radio, appelle plutôt à Chamonix, pour une place en angioplastie… en urgence, rajoute-t-il un peu moins fort pour ne pas affoler davantage Duranton.

– Ouais, bien reçu ! Une angioplastie en cardio en urgence, hurle-t-il dans le poste… Pas de problème, on fait le nécessaire ! »

Duranton observe Austin en train de ranger son matériel et se demande combien ce toubib peut ramasser de mecs comme lui par jour. Le toubib en question évite comme il peut son regard, mais l'angoisse de Duranton ne peut le laisser indifférent. Il tente de le rassurer comme il peut.

« Vous savez, monsieur Duranton, avoir accès à cette intervention dans l'heure qui vient est ce qui peut vous être proposé de mieux. Il doit y avoir une petite artère qui est un peu obstruée et qui souffre, mais l'angioplastie est une technique très au point qui permet de déboucher les artères malades.

– Ah oui ? Et on fait comment, on souffle dedans ? ironise-t-il, quelque peu irrité.

– Vous n'êtes pas loin de la vérité ! On insinue une sonde qui vient dilater l'artère où on place de petits ressorts : on appelle ça des stents ! »

Duranton imagine assez mal son cœur avec des ressorts, mais il se sent un peu rassuré par ces explications.

« Qu'est-ce qui m'est arrivé ? demande Jamila, le visage tuméfié.

– T'as eu un accident de vélo, lui répond Charlotte, en criant comme s'il s'agissait d'une grand-mère sourde comme un pot.

– Dans la descente de la Mollard, renchérit Justine, un peu moins fort.

– Dans la Mollard… Et mon vélo ? » demande aussitôt Jamila, plus inquiète pour son moyen de locomotion que pour sa propre personne.

Justine et Charlotte se retournent de concert vers Ronan, le pompier, pour savoir ce qu'est devenu le vélo de Jamila. L'air gêné de Ronan laisse supposer que le vélo ressemble davantage à un accordéon qu'au modèle profilé d'Eddy Merckx.

« Il est un peu cassé, reprend-il maladroitement.

– Ah, murmure Jamila, mais qu'est-ce qui m'est arrivé ?

– On n'en sait rien Jamila. T'as dû perdre le contrôle dans la descente. Tu t'es payé une camionnette de plein fouet. »

Jamila observe alternativement la pièce bleutée, les néons, les rideaux de plastique, la tête de Charlotte et celle de Justine, à la recherche d'un truc qui lui permette de reprendre pied. Sa pommette est contuse et l'œil, gonflé, est à demi fermé. Interpellée par tous ces appareils électroniques qui clignotent et bipent au-dessus de sa tête, elle tente de lever le menton, mais n'y arrive pas vu qu'il est coincé par la minerve des pompiers.

« Il reste des croissants ? » leur demande-t-elle subitement.

Charlotte et Justine se regardent avec inquiétude. Par réflexe, Charlotte vérifie la dose de morphine qu'elle a injectée dans la perfusion, histoire de vérifier qu'elle n'y est pas allée trop fort dans le dosage.

« Austin est là ? continue Jamila.

– Non, il est en secours. »

Charlotte se sent rassurée de voir que sa mémoire fonctionne encore.

« Il est parti sur une douleur thoracique dans la vallée Blanche. On n'a pas beaucoup de nouvelles, parce que l'hélico a l'air bien occupé ce matin. Ça brasse à la radio, d'ailleurs Sharlone est montée à l'aiguille du Midi pour ramasser un type qu'est tombé de l'arête. »

Comme pour confirmer ses dires, la radio – dont le volume a volontairement été augmenté depuis l'office pour qu'on puisse l'entendre depuis les box quand Cordial appelle – s'époumone et crachouille des infos brèves et entrecoupées de couic, de bip et de sifflements, ce qui finit par devenir insupportable. Conscient des nuisances sonores que cela impose à tout le service, Jacob, qui n'en rate pas une miette, s'empresse d'aller baisser le volume.

« Mais qu'est-ce qui m'est arrivé ? » redemande Jamila pour la troisième fois.

Après un moment d'hésitation, Justine se demande si Jamila fait de l'humour ou si elle a vraiment reçu du ciboulot.

« T'es tombée à vélo, Jamila, reprend Charlotte en faisant un clin d'œil à Patt. Dans la Mollard… tu te rappelles ? »

« Bon, qu'est-ce qu'elle nous fait la petite ? coupe Grand Chef, qui vient de faire son entrée, alerté par Josiane. Alors, on sait plus faire de vélo, Jamila ? » l'interroge-t-il de sa voix grinçante.

Jamila semble le reconnaître, mais reste muette.

– Oh ! Jamila, tu me reconnais ?

– Grand Chef ? »

Jamila cligne l'œil – celui qui reste opérationnel – d'un air approbateur. Vidal reste à moitié convaincu.

« Bon, elle va avoir droit à son scanner la petite du bloc, on dirait qu'elle est un peu dans le gaz, non ? »

Sous l'effet de la morphine, Jamila le regarde d'un air abattu. Malgré le ton désinvolte qu'il aime afficher en public, Vidal se sent bizarrement chamboulé de la voir dans cet état. Elle ne mérite pas ça.

« Qu'est-ce qu'on a d'autre ? demande-t-il à Patt, en reprenant la réplique impersonnelle qu'on pouvait entendre lors des tournées des vieux patrons.

– Une jambe cassée, un bassin fêlé et un TC-PCI[22] pour couronner le tout. On la met en radio, ensuite y'a de la couture à faire sur le crâne et du nettoyage un peu partout. J'ai peur qu'on retrouve tout un tas de petits gravillons…

– Bon, tu regardes et, s'il le faut, on fait ça au bloc, que ça soit nickel, sinon j'en connais un qui va pas être content là-haut. Il en est où d'ailleurs avec son cardiaque ?

– Pas de nouvelles, mais ça prend du temps, surtout que Sharlone est repartie à l'aiguille. J'ai comme l'impression que ça chôme pas là-haut !

– Quoi, Sharlone à l'aiguille ! Mais pour quoi faire ?

– Un type s'est viandé dans la face nord depuis l'arête.

– C'est pas vrai, on n'en avait pas eu cette année. Et alors ?

– Ben, apparemment, il est pas mort. Il est suspendu par les bretelles…

– Oh là, là ! s'exclame Grand Chef en se masquant les yeux pour ne pas avoir à supporter l'image qui se projette dans son esprit d'un type pendu par deux bouts d'élastique au-dessus de mille mètres de gaz. Mais qu'est-ce qu'ils sont cons ! C'est pas possible de vouloir se marcher dessus comme ça pour descendre l'arête !

– Sharlone était super contente de monter dans l'hélico, d'ailleurs, ajoute Patt.

– J'imagine ! s'exclame Grand Chef, en se bidonnant. Sharlone pendouillant dans la face nord au bout du câble. Elle doit être aux anges !

22 - Traumatisme crânien avec perte de connaissance initiale.

– Quand je vous dis qu'il faut faire comme moi, garder le contact avec la terre ferme… Bon, on bouge Jamila, enchaîne Patt à l'adresse de Jacob. Maintenant qu'elle est dans le gaz, qu'on lui fasse ses radios !

– C'est ça, et moi j'vais tenter de libérer une chambre aux soins. M'est à dire qu'elle va servir. L'autre déchoc est libre au moins ? demande Vidal à Charlotte.

– Non, on va tâcher de faire de la place, mais c'est pas gagné ! » déclare Sabine qui vient de s'extraire de la salle de pansements pour venir aux nouvelles. Calot sur la tête, masque sur le nez et pattes gantées en l'air, elle garde une pince à disséquer dans une main et une compresse dans l'autre. « Par ailleurs, y a quelqu'un qui peut venir me redonner des compresses, parce que je me sens un peu seule là-bas ?

– Pourquoi y a "quoi" dans l'autre déchoc ? s'enquiert Grand Chef en se redressant.

– Une vieille connaissance, répond Patt en baissant le ton, le sourire au bord des lèvres.

– Ah oui ? Et qui donc, cher ami ?

– La mère Dalton, grimace Patt, en pointant son pouce en direction du déchoc 2.

– Oh ! non, c'est pas vrai ! Qu'est-ce qu'elle veut encore celle-là ?

– Voir le directeur !

– Ça tombe bien, j'en sors… Il est de bon poil ! ânonne-t-il d'un air maussade. Chaud bouillant, le Gros ! Qu'elle y aille, ça nous fera de la place ! On va demander à Justine de s'en occuper, pas vrai Justine ? lance-t-il en la fixant de son regard inquiétant.

– On s'occupe de moi ou bien ? » réclame madame Daltonnet, qui pointe son nez – car si ses neurones ne sont plus bien en phase, la mère Daltonnet possède une ouïe intacte. « Si vous croyez que je n'entends pas vos sornettes… »

Le bip de Jacques-Henry vibre, évitant à madame Daltonnet une réplique cinglante. Il file dans l'office pour répondre.

« Yes ? » fait-il en reconnaissant la voix.

– Docteur, c'est Magalie. J'appelais pour la voie centrale de madame Cazenave, juste pour vous dire que je suis prête, elle est descendue, je n'attends plus que vous.

– Oui, ben… va falloir qu'elle passe du premier coup, la voie centrale, parce qu'on risque d'être occupé cette après-midi. J'arrive dans cinq minutes, juste un coup de fil à passer… »

Il raccroche et s'éloigne en lançant quelques recommandations d'usage. En passant devant Jacob, qui manœuvrait dans le couloir pour faire rentrer le lit de Jamila dans sa salle de radio, il rajoute :

« Bon, Jacob, tu me passes la petite au peigne fin, voir ce qu'elle nous cache. Je veux un scan dans l'heure… »

Il va, de sa démarche si particulière, pour enfoncer la porte battante, mais s'arrête encore et se retourne vers Sabine qui rejoignait la salle de pansements.

« Dis voir, Sabine, il est où aujourd'hui notre Barjavel ? J'ai deux mots à lui dire, moi…

– Pas de garde, mais y doit pas être loin, monsieur Vidal ! »

Le Barjavel, il n'avait pas fini de lui en faire voir. Se tirer avec le véhicule de SMUR chez lui pour aller chercher une semoule à la vanille qu'il avait oublié d'emporter le matin, au moment précis où le 15 le déclenche sur un ACR[23]. Ça ne pouvait arriver à personne d'autre. Barjavel, c'était le beau gosse de ces dames. Dragueur, chasseur et chanteur de surcroît, il concevait la vie comme une partie de rugby : marquer le plus d'essais possible. Le problème, avec Barjavel, c'est qu'il était sympa et, au boulot, il tenait la route. Malgré toutes les conneries dont il était capable, il était suffisamment malin pour faire passer la pilule, prenant à chaque fois un air profondément désemparé, se confondant en excuses et jurant de ne jamais recommencer.

Jacques-Henry enfonce la mauvaise porte et se prend Jean-Marcel dans la figure en gueulant un « putain de dirlo ! » Jean-Marcel ne comprend pas ce que le directeur vient faire là-dedans et regarde Jacques-Henry s'éloigner en marmonnant et en fouillant dans la poche de sa blouse, dont il finit par extraire à nouveau son portable. Il compose le numéro de Barjavel, qu'il n'a toujours pas pris le soin d'enregistrer, mais qu'il commence à connaître par cœur, en se dirigeant vers son service à grandes enjambées.

Barjavel est à mille lieux de tout ça quand son téléphone vibre dans la poche de son Quicksilver caca d'oie, en entonnant les premières mesures de *Sweet Home Alabama*.

23 - Arrêt cardio-respiratoire.

Le volume suffit à le faire sursauter et lui couper toutes velléités pendant quelques fractions de seconde.

« Merde ! j'ai oublié d'éteindre mon téléphone ! »

Il relève la tête hors des couvertures, le bassin encore solidement encastré entre les cuisses de sa dernière conquête qui ouvre grand les yeux, sans arrêter pour autant les ondulations de son corps en pleine montée de plaisir. Ève, qui n'a pas envie d'interrompre ce moment divin, lui prend le cou et lui fait replonger la tête dans le sien pour l'empêcher de s'échapper.

« Tony, laisse tomber, t'es pas de garde », lui souffle-t-elle, haletante, dans l'oreille.

Tony reprend de plus belle sa progression, incapable d'abandonner, à deux doigts de transformer un si bel essai.

Jour blanc

Tornado s'arc-boute pour ravaler la corde du petit rappel improvisé. Tous les quatre ont pris pied sur le haut du glacier de Leschaux, mais à quel prix… Les Suédois ne sont pas plus avancés qu'eux. La fille a fini par se faire mouliner comme elle a pu et s'apprête à redescendre avec son groupe, mais le temps s'est franchement dégradé. Le vent, que l'on devine violent au-dessus, s'enroule par-dessus les aiguilles des Périades en formant une épaisse couche nuageuse. Le soleil n'est plus de la partie. Pour couronner le tout, la corde s'est coincée dans les blocs quand Tornado a voulu récupérer le rappel, ce qui a déclenché une petite altercation entre Zen et lui. Zen a dû remonter sur une vingtaine de mètres dans la poudreuse et les cailloux pour aller la décoincer. Il est maintenant plus de trois heures de l'après-midi. En temps normal, pour des bons skieurs, quand la neige est en condition et qu'on y voit clair, c'est largement suffisant. Mais la cousse[24] et le manque de visibilité semblent gagner du terrain. Zen reste concentré et les autres n'en rajoutent pas, de peur de l'agacer un peu plus.

Filou a profité de cet instant de répit pour s'alimenter de quelques barres de céréales et pour offrir un peu de son thé chaud à Aline.

24 - Vent brouillasseux.

Le haut du glacier de Leschaux borde la quasi-totalité de la face nord des Grandes Jorasses. Il comporte de nombreuses crevasses qui, dans la partie supérieure, peuvent être très étirées et dangereuses. Tout le monde a chaussé les skis et ne pense plus qu'à perdre du dénivelé au plus vite. Sortir de ce coupe-gorge. Zen tente de suivre les traces, qui sont partiellement recouvertes. Il se fait avoir une première fois en descendant un peu trop bas et doit remonter en escalier. Les Suédois semblent traîner la patte. « Ils n'ont pas l'air de bien connaître le coin », remarque Zen à l'attention de Tornado, qui s'est arrêté à côté de lui. Au bout d'une dizaine de minutes, l'écart se creuse et la visibilité ne leur permet plus de voir à cinquante mètres. Zen commence à se poser de sérieuses questions. Il ne retrouve plus l'itinéraire, pourtant évident à cet endroit. Zen commence à se mordre les doigts d'avoir insisté pour continuer la course, alors qu'il était encore temps de renoncer au pied du couloir. En temps normal, cette descente est une partie de plaisir. On se laisse glisser dans la peuf ou sur la neige de printemps dégelée à souhait en surface. Et le voilà embarqué dans cette galère. En haut du glacier, les alternatives ne sont pas nombreuses et toutes les traces de skis convergent en une seule et unique direction, alors pourquoi est-il perdu ? Tornado le talonne, mais Aline n'avance pas. Filou, qui ferme la marche, reste constant. Voilà plus d'une heure qu'ils tournent et contournent des ponts de neige de plus en plus dangereux.

« Zen, ça craint par ici, t'es sûr de toi ? » lui crie Tornado.

Zen se pose deux minutes pour réfléchir et attendre les deux autres. Il regarde son altimètre pour se faire une idée de l'altitude à laquelle ils se trouvent. Tornado s'arrête derrière lui et en profite pour enlever sa casquette et mettre un bonnet bariolé qu'il encercle de son masque pour se protéger les yeux des bourrasques qui l'aveuglent.

« Je suis tout simplement paumé, avoue Zen. Tout ce que je sais, c'est qu'il faut se rapprocher le plus possible de la rive gauche. De ce côté, ça passe bien, normalement.

– Ouais, mais ça craint à mort. T'as vu les ponts sur lesquels on est passés ? »

Si Tornado, d'une insouciance inaltérable, est inquiet, c'est que ça craint vraiment. Zen se rend subitement compte du danger qu'ils courent en voyant Filou et Aline traverser la profonde crevasse qu'ils viennent eux-mêmes de franchir. L'un derrière l'autre, ils évoluent sur une passerelle qui lui semble d'une fragilité évidente. Pris d'un coup de sang, il se met à hurler violemment, faisant sursauter Tornado.

« Aline ! Filou ! La crevasse… pas ensemble ! »

Ne comprenant pas ce que cherche à leur dire Zen, tous deux s'immobilisent. Zen se rend alors compte qu'il aurait mieux fait de se taire et reprend de plus belle.

« La crevasse, putain ! La crevasse, pas ensemble ! »

Filou, qui comprend l'avertissement, pousse Aline du bâton pour lui faire comprendre qu'elle doit avancer. Zen serre les dents. Le pont est enfin franchi. Zen soupire intérieurement et pose le sac, bien décidé à sortir la corde.

« T'as raison Tornado, faut qu'on s'encorde. Tant pis si on doit mettre une heure de plus. »

Les autres arrivent et lui lancent un regard étonné.

« Voilà bien longtemps que tu ne nous avais pas fait sortir la corde à skis. Dois-je en déduire qu'il y a un réel danger ? lui demande Filou, inquiet.

– Écoute Filou, le vent infernal, les crevasses et l'itinéraire foireux dans lequel je viens de vous embarquer, ça fait beaucoup pour un petit groupe de mercenaires. On va donc se mettre la corde comme il est écrit dans tous les bons livres de montagne, histoire de ne pas en laisser un dans le fond du trou, dac ? »

Personne ne proteste et l'équipe repart au ralenti en direction de la rive gauche. La corde traîne, puis se tend, plus gênante qu'autre chose. Le vent souffle maintenant très fort. Glacial et abrasif, il contraste avec la température de la neige qui garde une consistance de printemps, molle, croûtée et inskiable. Un voile blanc se déplace à hauteur des jambes, recouvrant tout sur son passage, y compris le bout des spatules. Deux heures supplémentaires sont nécessaires pour rejoindre ce qui semble être la rive gauche. Tous ont les lunettes gelées par une sorte de givre qui rend la visibilité encore plus réduite. Tornado, qui a préféré se passer des siennes, commence à avoir les yeux brûlés. Ses sourcils sont blancs et les mèches qui dépassent de son bonnet, figées en l'état, pourraient servir à décorer le sapin de Noël. Filou l'observe, un brin amusé. Bizarrement, il commence à vivre cette situation tendue d'une façon décalée. Le froid anesthésie son visage et s'introduit au plus profond de lui, diminuant du même coup sa capacité à réfléchir et à prendre une décision, tout comme Aline et Tornado. L'engourdissement gagne en profondeur et les rend tous les trois encore plus dociles vis-à-vis de Zen. Ce dernier croit reconnaître, à travers les nappes blanches de neige qui vole, l'ombre de l'éperon qui domine et marque ainsi les limites de la rive gauche. La pente s'accentue : logique, c'est la première fracture naturelle. Zen respire un peu, persuadé qu'il est revenu sur l'itinéraire habituel.

« On va se détacher ! décide-t-il subitement.

– Tu crois qu'on est dans la trace ? interroge Tornado en détachant son nœud.

– Faudra bien suivre la mienne. Et, se tournant vers Aline qui lutte pour enlever le sien : tu m'entends Aline ? »

S'apercevant qu'elle n'entend rien, Tornado remonte en escalier pour l'aider. Zen love la corde qui ressemble plus à un câble gelé qu'à autre chose, pendant que Filou tente désespérément de nettoyer son masque embué. Sous les injonctions de Zen, la petite cohorte attaque la pente. Le sol incertain et le jour blanc font de la surface une plaque mouvante. La consistance de la neige rend la conduite de virages laborieuse, surtout pour Aline qui se prend gamelle sur gamelle et s'épuise. Filou, toujours d'une patience exemplaire, prend soin de ne jamais la dépasser, ramassant son bâton ici, l'aidant à se remettre sur pied plus loin.

Le bas du glacier supérieur est enfin atteint. Aline s'effondre et pleure. Elle ne sait plus bien ce qu'elle fait là. Elle qui se félicitait d'avoir tant progressé ces derniers temps… Au début, quand il avait délaissé son ex pour elle, Zen l'avait emmenée partout, indifférent aux railleries des autres. Mais aujourd'hui, ses belles jambes tellement convoitées la trahissaient, ne voulant plus répondre à ses ordres. Il fallait voir la réalité en face : elle skiait comme une quiche !

Tony regarde le corps magnifique de sa dernière conquête disparaître furtivement dans la cabine de douche. Les courbes rebondies, la fuite de ces lignes vers le désir et l'incontrôlable envie de la reprendre là, tout de suite, l'enivrent d'une force qu'il ne parvient pas à dominer. Il se lève discrètement, alors que le bruit de la douche s'intensifie et passe la tête par la porte entrouverte. De dos, la chevelure d'Ève suit le fil du courant chaud qui coule le long de son corps, collée à sa peau comme un ruban de réglisse sur une plage de sable dorée. Tony s'autorise à admirer ses fesses rondes et ruisselantes pendant qu'elle ne le voit pas. Elle a les yeux fermés et se laisse emporter par la chaleur du fluide, prolongeant le plaisir qu'elle vient de vivre. Elle craque à chaque fois. Le mystère d'une nouvelle relation et la satisfaction que lui confère ce pouvoir de séduction qu'elle a sur les hommes l'emportent. Tony, encore nu, aurait bien voulu s'approcher d'elle, s'agenouiller et venir l'embrasser au creux des reins, pour recommencer quelque chose d'excitant, mais la sonnerie de sa messagerie le rappelle brutalement à l'ordre. Un pressentiment le pousse à savoir qui l'appelle, et pourquoi. Il laisse tomber la douche chaude, un peu agacé. La voix de Grand Chef le met aussitôt mal à l'aise, comme s'il avait secrètement assisté à la scène. Le ton de Grand Chef, dès le début, ne présage rien de bon.

« J'ai encore dû faire une connerie », pense Tony.

« Tony, c'est Jacques-Henry… Bon, je sors du bureau du Gros. Dis donc, il est sur les dents. Le coup du SMUR, il a pas aimé et visiblement, il est au courant pour la semoule… Alors, quand t'as deux minutes et que t'as fini de conter fleurette, passe dans mon bureau. T'as intérêt à avoir des arguments pour ta défense si tu ne veux pas te faire virer… » Clic !

C'est la douche froide maintenant…

Fuite

Perdue dans la moiteur du désert, elle a l'impression d'un décor mal défini. Une douce sensation de bonheur en même temps. Et cette affreuse brûlure qui lui mord le pied, comme celle d'un chien qui ne veut pas lâcher prise. Un chacal, ou une autre bête du désert, ce désert qu'elle n'oubliera jamais, depuis que son grand-père n'est plus. Jamila le revoit sur la ligne d'horizon, ondulant sous la chaleur du sol, son chèche mal attaché sur le crâne, comme chaque matin, quand il venait la chercher et l'emmenait marcher des heures et des heures durant. Ses petites sandales brûlées par le sable, tannées par les années de labeur, qu'elle ne quittait jamais, du soir au matin. Jamila vient du désert, une flamme la suit depuis ce jour. Une flamme qui ne meurt jamais, une flamme qu'il faut alimenter. Et pourtant, ce pied lui fait mal, la tire hors de la trace. Ne pas perdre la trace, celle du grand-père. Austin est là, pas loin. Il lui tourne le dos, il lui tend la main semble-t-il, mais ne la regarde pas. Elle ne voit pas tout à fait ce qu'il fait. Ce soleil qui l'aveugle… et cette image déformée qui l'observe. Ces yeux…

« Jamila, Jamila, regarde-moi ! Serre-moi la main, tu me reconnais ?

– Et moi Jam, tu me reconnais ? Lui d'accord, mais moi ? » insiste Charlotte.

Deux têtes rondes, énormes… Jamila ne voit que ça.

« Mais où suis-je donc, ce blanc trop blanc qui domine, qui m'avale. Où sont mes mots ? »

« Jamila, tu te rappelles ce qui s'est passé ? C'est Patt… Allez, dis-moi quelque chose ! »

Jamila était ressortie de la radio et s'était mise à sombrer. Même Jacob, jamais inquiet d'ordinaire, avait pris peur. Patt était à deux doigts de l'intuber, juste avant qu'elle ne reprenne connaissance. Charlotte lui pose délicatement le dos de sa main sur la joue, émue et surprise de cette soudaine compassion qu'elle se découvre pour Jamila. Jamila a le regard hagard et sec, semblable à celui d'un enfant perdu.

« Alors Jamila, ça fait du bien un bon bol d'oxygène, hein ? »

Jamila avait le masque sur le nez, ce qui avait suffi à lui faire reprendre connaissance.

« Qu'est-ce qui s'est passé ? murmure Jamila.

– Tu t'es pris une camionnette, en plein dans la tronche à ce qui paraît. Tu t'es pas ratée dis donc, rajoute Charlotte, peu délicate. Tu te rappelles ? »

Jacob attend patiemment derrière pour l'emmener dans le tube, le tube à bombarder et découper en rondelles. C'est le joujou tout neuf qui l'a sorti de sa routine. L'IRM, Imagerie par Résonance Magnétique, lui a ouvert les portes d'un nouveau monde, celui des écrans interactifs ludiques. Patt a prescrit le *bodyscan*. C'est la règle dorénavant. Les patients victimes de traumatismes sévères avec forte cinétique[25] doivent bénéficier de ce type d'examen. Une façon de

25 - Énergie produite par le mouvement.

ne pas passer à côté d'une lésion interne grave infraclinique qui évoluerait à bas bruit. Et puis, ça va beaucoup plus vite que de faire des radios dans tous les sens, qui irradient les patients pour rien puisqu'on ne voit que les os. Ce n'est pas Jacob qui dira le contraire, un engin pareil lui sauve la mise. Ça vous décortique un multirécidiviste en moins de temps qu'il ne faut pour le dire. Jamila va y avoir droit. En plus du bassin, elle a tous les symptômes du traumatisé crânien qui ne demande qu'à s'enfoncer : la désorientation, l'obnubilation, les questions à répétition. Son joli teint hâlé a laissé place à cette lividité qui ne trompe personne. Elle est blanche comme un linge de chambre mortuaire. La jambe a été immobilisée dans une attelle plâtrée et empaquetée dans un paquet de compresses imbibées de jaune, maintenues par une bande Velpeau. Sous l'effet des sédatifs, Jamila est dans les choux, repartie très loin, dans son désert de dunes. Elle est à moitié endormie et sourcille à peine quand le brancard bute sur les transitions des pas-de-porte.

Suspendue

« Sharlone, là, y va falloir que tu fasses quelque chose, impossible de trouver une position qui le calme ! » s'emporte Gabriel, dépassé par la situation.

Le vent et la turbine de l'hélico, qui rame soixante-dix mètres plus haut, ne parviennent pas à couvrir les cris du pauvre type. Avant de les rejoindre sur le sérac, Sharlone a dû faire quelques ronds de scène supplémentaires. Une dépression que Vince a compensée comme il a pu. Du coup, Sharlone n'a pu attraper la main que lui tendait Franck, l'autre secouriste, et est allée s'écraser sur le rebord inférieur qui surplombe le vide. Ce n'est qu'à la seconde tentative qu'elle a pu être ramenée au bon endroit. Encore un peu sonnée, elle se laisse prendre en charge par Franck. Décidément, ce n'est pas son jour, il faut qu'elle tombe sur Gabriel, avec qui le courant ne passe pas toujours très bien : lui, c'est un impatient, sans cesse poussé par le désir d'en finir au plus vite et elle, une besogneuse, soucieuse de prendre le temps qu'il faut pour faire correctement les choses. Il avait intégré le peloton trois ans auparavant, après avoir suivi un parcours de pro. Une fois l'objectif tant convoité de Chamonix atteint, tout paraissait rouler pour lui, sauf qu'à Chamonix, les médecins jouissent d'un pouvoir contre lequel il ne s'était jamais heurté auparavant.

Des médecins-secouristes, il en avait rencontré lors de différentes missions, mais c'était toujours lui qui menait la danse : ils n'étaient pas suffisamment à l'aise en montagne pour faire la loi. À Cham', c'était différent, les toubibs qui faisaient du secours n'avaient pas froid aux yeux. C'étaient tous des montagnards avertis et certains d'entre eux étaient même guides. On ne pouvait s'en débarrasser par un « toubib, on te pose au refuge et on te ramène le blessé pour que tu le prennes en charge, ça craint trop là-haut… » Certains avaient même tendance à montrer les dents si on ne les incluait pas dans le groupe d'assaut. Moins souvent de garde, Sharlone n'avait pas la même dextérité. Une fois, Gabriel avait essayé de la mener en bateau en lui faisant croire que la position dans laquelle se trouvait le blessé rendait toute prise en charge médicale impossible. C'était mal connaître Sharlone, qui n'avait pas voulu céder. Elle s'était fait treuiller sur le relais et avait posé sa voie veineuse du premier coup, sous le regard contrarié de Gabriel. S'en était suivie une longue discussion houleuse, qui lui était restée en travers de la gorge.

Sharlone se vache avec précaution sur le relais que Gab a équipé avec deux broches à glace, et se soulage aussitôt de son sac en l'accrochant à la ligne de vie que lui présente Franck. Du coin de l'œil, elle aperçoit le blessé gisant sur la vire, mais s'interdit de s'attendrir sur son cas avant d'avoir fait le point sur l'environnement exigu dans lequel elle va devoir intervenir. Un mur de glace ne semble demander qu'à s'abattre sur elle. La berge inférieure du sérac, à sa droite, fuit vers le vide du côté Chamonix qui, vu d'ici, ressemble à un village de Hobbits.

« Sharlone, intervient Gab, j'ai rien pu faire, il n'arrête pas de hurler ! »

Franck maintient comme il peut le blessé qui gesticule sans arrêt. La cuisse est relevée et quand Gab essaye de la réaligner avec l'autre, il hurle encore plus fort.

« Il a un fémur cassé, c'est sûr ! insiste Gab, qui continue de mettre la pression.

– J'arrive Gab, pour le moment, laisse-lui la jambe levée ! »

Sharlone se décroche du premier relais pour rejoindre Gab.

« Choucas… de Cordial ?

– …

– Choucas de Cordial… Tu me reçois ?

– Ouais, Cordial, je t'écoute !

– T'en es où de ton treuillage ?

– C'est fait. Le toubib est sur le blessé. Mais je viens de me faire dégueuler dans la foulée.

– OK, nickel ! tu vas pouvoir faire autre chose en attendant. Jalabert attend pour son cardiaque !

– Tu devrais peut-être demander à Dragon de s'en occuper, j'ai comme l'impression qu'il faut que je reste pas loin. Je ne suis pas sûr de pouvoir les récupérer. En plus, faut que j'aille refaire le plein. Pour les poser, c'était pas du gâteau. Si le fœhn prend du galon, ce sera cuit. À ta place je réfléchirais pour monter une équipe sur l'arête, histoire de pouvoir les tirer de là si ça le fait pas !

– J'ai eu le CODIS[26], Dragon est déjà en intervention sur le département. Pas moyen de l'avoir pour Jalabert. Qu'est-ce qu'il en dit Austin, avec son cardiaque ? C'est urgent ou ça peut attendre ? Qu'est-ce que t'as fait des deux seconds ?

– Sont plus à bord, je les ai déposés sur l'arête. Ils demandent qu'à la DZ, on commence à préparer le treuil pour l'aiguille.

Austin venait justement d'observer avec stupeur une salve d'extrasystoles ventriculaires sur le scope de Duranton. En entendant Choucas, il réagit aussitôt.

« Jalabert, dis-leur que c'est urgent. On ne peut pas attendre plus longtemps ! Je te jure que je ne blague pas. » Jalabert fixe Austin quelques secondes avant de réaliser qu'il se passe quelque chose de pas tout à fait normal et d'appuyer sur l'interrupteur ventral.

« Cordial de Jalabert. On a intercepté Choucas… Négatif, le toubib a besoin d'un hélico rapido ! »

Austin voit Duranton écarquiller les yeux dans la foulée,

26 - Centre opérationnel départemental d'incendie et de secours.

prenant subitement conscience de la gravité de son état.

« Ne vous inquiétez pas, je dis ça pour les activer. J'en rajoute un peu pour qu'on évite de poireauter ! » le rassure Austin en lui tapant sur l'épaule, un clin d'œil complice en prime.

Là-dessus, il sort discrètement le défibrillateur et commence à vérifier que tout est en place et que les batteries sont encore en état d'envoyer la sauce, au cas où l'autre lui ferait une blague.

Sharlone n'a pas mis longtemps à comprendre qu'il allait falloir shooter le bonhomme. Pour ça, il faut lui poser un cathéter dans le bras et ce n'est pas gagné vu le contexte : – 20 °C et le type hystérique, tout pour plaire ! Vu la position de la cuisse par rapport au reste du corps et les cris du pauvre gars, difficile d'imaginer pouvoir le conditionner dans une perche et l'évacuer sans rien lui proposer pour le calmer. Autant dire qu'elle se fait balader pour rien. Bien sûr, impossible de trouver une veine correcte sur le dos de la main, faut voir plus haut sur le bras, au pli du coude… Quelle connerie ces combinaisons de ski étriquées qui vous empêchent de remonter les manches. Il est complètement garrotté jusqu'au cou. Gab la stresse toujours. Une fois de plus, il va falloir qu'elle lui prouve de quoi elle est capable. C'est qu'elle commence à en avoir assez de ces prises de tête, elle n'a plus l'âge pour ces conneries-là ! En même temps, elle aimerait bien dégager au plus vite de cette face austère, sans se préoccuper de l'état du blessé. Elle opte finalement pour découper la manche à l'aide des ciseaux qu'elle a toujours dans la poche de son sac de secours. Très attachée aux valeurs matérielles, elle n'adopte ce genre d'attitude qu'en dernier recours. En l'occurrence, il y a quand même peu de chances que le type veuille la réclamer plus tard, vu l'état dans lequel elle est. Il venait de se taper deux cents mètres de glissade et aurait dû, en toute logique, basculer dans le vide pour le repos éternel. S'il s'était fait intercepter par un sérac suspendu, placé juste dans la trajectoire, et s'il était encore vivant, c'était bien grâce à un miracle. Il n'allait quand même pas gueuler pour sa combinaison ! Quoique… elle avait vu pire : des familles qui portaient plainte auprès du directeur pour se faire rembourser des vestes soi-disant hors de prix, sous prétexte qu'il y avait du sang dessus. Sharlone finit par trouver une minuscule veine rétractée qu'elle essaye de faire gonfler en serrant le garrot fermement. Peine perdue, le calibre du ridicule spermatozoïde bleu qui apparaît ne lui laisse aucun espoir. Les grands moyens s'imposent. Elle sort le BIG de son sac, dernier engin de la mort en dotation, produit né de l'expérience des conflits israélo-palestiniens. C'est un genre de pistolet à ressort qui vous envoie une aiguille rigide dans les dents en une pression de la paume. Le but c'est de la planter, non pas dans les dents, mais dans un os à moelle pour pouvoir perfuser un malade rapidement quand on n'arrive pas à trouver de veine. Gabriel regarde avec étonnement l'attirail que Sharlone lui sort de derrière les fagots. Elle donne un nouveau coup de ciseau dans le tissu de la combinaison, au niveau du genou qui n'a pas l'air atteint, et nettoie rapidement la peau au moyen d'une compresse pré-imbibée de désinfectant. Elle prend ses repères en haut du tibia, sur sa face externe, applique l'engin en serrant les dents et… SCHLAC ! Le type hurle de plus belle !

« Putain ! C'est quoi ce truc, t'es malade ? s'insurge Gab qui n'avait jamais vu l'outil.

– Pas le choix, déclare Sharlone en retirant l'engin. Prépare-moi une ampoule de morphine, ça va m'avancer ! »

Gabriel obtempère et lui donne la seringue qu'elle branche aussitôt sur le mandrin métallique qui pointe du tibia.

« Un bolus de dix milligrammes de morphine pour commencer, voilà qui devrait le calmer un peu ! Ça part directement dans la moelle, où le réseau vasculaire est assez bien développé, explique-t-elle à Gab qui reste scotché. Normalement on réserve cet attirail aux enfants, quand ils sont en état de choc ! »

Les interminables discussions au café du matin, avec les autres mordus du secours, lui reviennent en mémoire. « La perf, à quatre mille, en hiver, laisse tomber ! La tubulure gèle en trente secondes et même si tu t'es donné du mal à poser le cath, c'est foutu. Un bouchon, de la morphine, et dégage ! » Une façon de lui rappeler qu'il est sans doute inutile de sortir un soluté de remplissage. Pourtant, deux cents mètres de chute, ce n'est pas rien… Il pourrait bien avoir une rate, un foie, ou même un bassin, qui sait ? Sharlone se tâte quand même pour le remplir, histoire qu'il ne lui fasse pas un choc hémorragique… Elle n'a pas le temps d'aller plus loin dans ses réflexions, voilà que le type se remet à hurler de plus belle en gigotant dans tous les sens. Il va finir par tout arracher ! Sharlone a obturé le cathéter avec un bouchon spécial en caoutchouc, conçu pour y introduire une aiguille autant de fois qu'on le désire… Quant à l'aiguille plantée dans l'os, ça a l'air de tenir. Si on pouvait lui remettre sa jambe dans l'axe, les choses pourraient s'arranger, pense-t-elle, à la recherche d'une solution. Par chance, une bouteille d'oxygène est à portée de main. Le sac de réanimation a été treuillé juste après elle, par Toph. Voyant que la morphine ne fait pas plus d'effet qu'un pétard humide, elle décide de balancer un chouïa de Sufentanyl, un morphinique beaucoup plus puissant, que l'on utilise habituellement dans les blocs opératoires, en prenant soin de la diluer dans une seringue de manière à ce que le produit ne stagne pas dans le trocart.

« On monte en puissance, cinq gammas de sufenta ! » clame-t-elle à l'intention des deux gendarmes pour se donner un peu de contenance.

En deux minutes, l'effet commence à se faire sentir. Le gars est de Marseille. Sous le masque à oxygène, il a même réussi à donner son nom. Il prétend s'appeler George. Quand Sharlone lui demande si ça va mieux, il déclare ne pas voir la différence. Ça l'agace un peu, parce que c'est faux ! Il commence à piquer du nez, alors pourquoi raconte-t-il des salades ? Ce n'est vraiment pas cool ! Si sa jambe n'était pas à l'envers, Sharlone pourrait penser qu'il lui fait le coup du syndrome méditerranéen, un classique ! Le type a mal partout et nulle part et son profil hystérique le rend réfractaire à tout. À moins que ce ne soit un toxico ? On en voit de plus en plus souvent : des gars qui se défoncent aux drogues fortes et à qui il faut mettre dix fois la dose pour que ça fasse de l'effet. Devant la mine pressante des deux secouristes, elle décide de tenter le bloc, une technique d'anesthésie de plus en plus pratiquée en préhospitalier dans les zones de montagne. Le BIF, ou bloc ilio fascial dans le jargon, est une technique facile à mettre en œuvre quand on est à quatre pattes sur un sérac, dans des conditions où il n'est pas évident de déshabiller son patient. « Un jeu d'enfant » d'après Austin, qui lui a montré la technique. Ça permet d'endormir toute la cuisse, ce qui est idéal pour les fémurs. Le bloc, aux yeux des *flying doctors*, retrouve toute sa place dans ce genre de situation, pour peu que l'on soit un tant soit peu entraîné à le faire. Facile à dire, Sharlone voudrait bien les y voir, perchés sur un sérac… Vu la position de la cuisse, tout porte à croire qu'il y a soit une fracture du fémur assez haute, soit un col du fémur, soit, pire encore, une luxation, option qui lui semble de plus en plus plausible. Difficile de savoir, vu l'épaisseur de la combinaison qui masque la déformation.

« Qu'est-ce que tu proposes pour l'évacuation ? » demande-t-elle à Franck, avant de s'engager plus loin.

Elle a décidé de s'adresser à Franck, beaucoup plus calme, même s'il est moins gradé, histoire de moucher Gab qui l'agace.

« Je vais rappeler Cordial, mais j'ai bien peur qu'on ne puisse l'évacuer par hélico. Vince s'est fait dégueuler grave, juste après t'avoir déposée. J'ai peur qu'on ne soit obligé de faire ça à l'ancienne. Le treuil et tout le bastringue, si tu vois ce que je veux dire…

– Aïe ! Ça ne va pas arranger mes affaires », se lamente Sharlone.

Tout ça lui rappelle étrangement son premier secours, il y a dix ans, un souvenir traumatisant qu'elle n'est pas prête d'oublier. Se faire la main sur un petit secours simple, c'est ce dont on rêve quand on débute : une jambe cassée par exemple, mettre une perfusion au pli du coude, de la morphine et emballer la jambe dans une attelle à dépression, un truc simple quoi ! Manque de bol, Sharlone n'avait pas tiré le bon numéro pour son baptême de l'air. En dix minutes, elle s'était retrouvée embarquée sans vraiment comprendre de quoi il s'agissait. « Une avalanche… un surfeur… amputé », sont les seuls mots qu'elle avait réussi à capter dans les écouteurs mal branchés qu'on lui avait foutus sur les oreilles, moins de deux minutes avant la dépose. En descendant, première erreur, elle était restée accrochée au câble de branchement, oubliant totalement ce qu'elle avait sur la tête, ce qui exaspéra le mécano. Elle avait rampé comme elle avait pu dans la neige brassée jusqu'à la victime hurlante que tentait de calmer sa copine, elle-même au bord de l'hystérie. Sharlone avait été scotchée par la scène du drame : un surfeur presque nu dans la neige, le pied arraché. La puissance de l'avalanche de neige lourde avait non seulement déchiré tous ses vêtements, mais elle avait exercé une telle pression sur son surf que la cheville, restée bloquée dans la fixation, s'était détachée de la jambe. Le pisteur avait réalisé un garrot de fortune avec la bande élastique d'un pansement compressif, mais les taches de sang donnaient au décor une ambiance de guerre de tranchée. Évidemment, Sharlone avait compris brutalement que poser un cathéter dans ces conditions n'avait rien à voir avec son boulot habituel, qui ne dépassait pas le cadre d'un service des urgences, chaud et douillet. Elle était seule, sans infirmière. Impossible de sortir son matériel sans que tout disparaisse aussitôt sous la neige ou qu'on lui marche dessus. Ses doigts avaient gelé en quelques minutes et les gants en latex s'étaient aussitôt déchirés. Le type était livide et en état de choc. Les veines, rétractées par le froid, étaient minuscules. Le temps de sortir la grosse artillerie pour mettre une voie centrale, chose qu'elle avait déjà du mal à faire en temps normal, n'aurait eu pour effet que de le faire chuter en hypothermie maligne irréversible. Elle avait fini par se rabattre sur une intramusculaire de morphine, laquelle n'avait eu évidemment aucun effet immédiat. Devant son incompétence manifeste, l'équipe des secouristes et des gendarmes qui l'accompagnaient lui avait gentiment suggéré de l'emballer rapidement dans la perche et de l'embarquer *illico presto*, conseil qu'elle avait suivi sans broncher. Le jeune surfeur avait fini à l'hôpital cantonal de Genève, sans que l'on puisse réussir une miraculeuse réimplantation. Son patient portait dorénavant une prothèse pour se déplacer.

Elle avait failli en rester là, persuadée que ce travail n'était pas fait pour elle. Pourtant – allez savoir pourquoi ? – elle était encore dans le décor, devant un type qui lui resservait la même sauce.

État de choc !

« Jalabert ! Il convulse ! crie Austin dans le micro de son casque. Vite ! On masse… »

Duranton avait changé d'aspect, cambré comme un poisson qu'on sort de l'eau, le visage empourpré, il s'était mis en arrêt comme le redoutait Austin. Ce dernier se reprocha aussitôt de ne pas avoir pris le temps de lui injecter un antiarythmique quand il avait détecté la première salve d'extrasystoles ventriculaires. Les extrasystoles doivent être considérées comme des prodromes indiquant que l'activité électrique est perturbée. Elles signent une souffrance de la partie du muscle cardiaque où cheminent les commandes électriques qui régissent le rythme sinusal. Un court-circuit peut survenir à tout moment, comme dans un compteur électrique. Mais l'événement ne s'étant produit qu'une seule fois, Austin s'était permis, à tort, un répit pour le lui administrer : l'hélico était en approche pour les récupérer et il avait déjà rangé sa poche de drogues dans son sac. Il avait quand même eu le temps de l'équiper d'un tout nouveau prototype américain de canules de refroidissement, qui lui sortaient des narines et le faisaient ressembler à un Aborigène d'Australie. Cette technique permet de descendre la température interne de un à deux degrés. Une façon de réduire la vitesse de nécrose du myocarde. Il avait fallu qu'il injecte du Lambrozepam[27], afin de descendre le seuil de frisson et faire en sorte que Duranton supporte cette hypothermie induite. Mais Duranton s'était mis en arrêt. C'était trop tôt : quinze minutes plus tard le phénomène se serait déclaré dans le déchoquage d'Annecy, un endroit plus approprié pour ce type de complication. C'est l'éternel dilemme en montagne, quand un seul hélico est disponible pour deux urgences vitales à la fois. Il faut aller vite et faire au mieux, en sachant qu'on ne fait pas toujours le bon choix. Maintenant, il était dans le jus et s'en mordait les doigts. Son patient allait peut-être perdre la vie à cause de ce concours de circonstances.

Jalabert ouvre grand les yeux, en proie à un léger flottement. C'est en voyant Austin sauter sur la poitrine de Duranton pour attaquer le massage qu'il réalise la gravité de la situation. Des arrêts cardiaques, Austin en avait vu quelques dizaines depuis le début de sa carrière, avec toutes les configurations possibles : des gros, des petits, des vieux, des jeunes, des moribonds, des voyous et des honnêtes gens, des gros citadins sédentaires tabagiques, des chefs d'entreprise stressés au bord du gouffre que l'on récupère en fin de course dans une station de ski familiale, des crashs en moto sur la voie publique, des overdoses, des alpinistes disloqués au pied des faces. Il avait pris l'habitude d'intervenir n'importe où, dans n'importe quelle position, mais pas encore dans un hélicoptère. Plein de fils pendent dans l'habitacle, en particulier ceux des casques écouteurs qui prennent un malin

27 - Sédatif en phase d'évaluation clinique.

plaisir à s'emberlificoter et former des nœuds indénouables, les secousses de la machine, le matos entassé au mauvais endroit... Austin n'avait jamais imaginé à quel point l'endroit était peu commode. Il passe la main à Jalabert en essayant de faire comprendre à Seb qu'il se pousse vite pour faire de la place, chose qu'il entreprend avec peu de délicatesse en arrachant deux des câbles du scope... Résultat : plus de tracé sur l'écran ! Plutôt que de les remettre en place, Austin préfère consacrer le peu de temps qui lui est imparti à arracher les patchs des poches du défibrillateur, ce qu'il aurait dû faire avant. Décidément ! Deux erreurs pour lesquelles il devra penser à s'autoflageller ce soir... Vince se tait, conscient que le cœur du problème a dorénavant migré dans la cabine arrière. Il sent bien que le centre d'intérêt s'est déplacé, conscient que son rôle n'est maintenant guère plus important que ne serait celui d'un inoffensif tâcheron chargé de maintenir un manche à balai le plus vertical possible. Derrière, Duranton a cessé de convulser, ce qui permet d'imaginer deux options : soit que le cœur est reparti, soit qu'il a flanché définitivement. Quelques précieuses secondes sont encore perdues à dépouiller son torse de ses fringues, que Jalabert et Austin s'évertuent à découper et même arracher un peu sous l'effet du stress. Les patchs sont enfin recollés et branchés correctement. Le tracé électrique réapparaît, tortueux, irrégulier et désorganisé, comme une grosse chenille agonisante. « Choc recommandé ! » déclare l'automate, d'une voix chantante aux trois quarts couverte par le bruit des turbines.

« Jalabert, va falloir le choquer, il va claquer ! Continue

à le masser, je t'avertis quand j'envoie la sauce », prévient Austin, tendu et le regard braqué sur le potentiomètre du défibrillateur.

Jalabert n'entend rien, à croire qu'il a coupé les ponts avec le reste de l'équipage.

« Oh ! Jalabert, tu m'entends ? crie Austin en transe.

– … »

Seb, qui observe la scène sans savoir quoi faire de ses mains, scrute Jalabert et interroge Austin du regard sans comprendre ce qui se passe, vu que lui entend parfaitement bien…

« Oh ! Jalabert ! Coca-Zoulou, ici la Terre… Tu me reçois ? » insiste lourdement Austin.

Seb lui montre alors le raccord du casque de Jalabert débranché. Pas de danger qu'il entende quoi que ce soit ! C'est un peu gênant pour un choc électrique, qui plus est dans un hélicoptère tout en ferraille. Jalabert est à cheval sur la perche et dans cette position, il risque d'en prendre non seulement pour son grade, mais aussi pour son entrejambe.

Le casque est rebranché nerveusement par Seb et Jalabert sort de son monde du silence sans réaliser qu'on essayait de lui parler depuis un bon moment. Concentré, il comptabilise méticuleusement le nombre de pressions thoraciques qu'il effectue par minute, histoire d'être en adéquation avec les règles du secourisme de base qu'il a remises à jour lors de son tout dernier recyclage.

« Bon, Austin, tu vas lui envoyer une châtaigne ou bien ? demande-t-il, impatient et étonné de n'avoir encore aucune consigne.

– Bonne idée, j'allais te le proposer ! » répond laconiquement Austin en enfilant le masque Ambu sur le nez de son patient.

Austin tend le bout du tuyau orphelin à Seb pour qu'il le branche sur la bouteille d'oxygène, lâche le masque qu'il vient de fixer rapidement derrière la tête du malade avec l'élastique vert. Il commence par faire le tour de la perche de son regard pour s'assurer qu'il n'y a aucun contact avec un quelconque objet métallique, ce qui n'est pas évident, même dans un EC 145 reconnu pour être relativement spacieux.

« Vince, tu me confirmes qu'on peut utiliser un défibrillateur dans ton hélico ? s'assure Austin. Y a pas de risque que le tableau de bord nous éclate à la figure ?

– Affirmatif ! répond le pilote, mais te trompe pas ! J'aime pas les châtaignes… »

Austin sort les palettes et Jalabert interrompt momentanément son massage pour s'écarter de la perche, conscient du risque qu'il prend à rester si près du corps. Seb s'aplatit au fond de la cabine, persuadé qu'il va mourir foudroyé. Il est fortement impressionné par ce toubib hirsute qui brandit ses deux poêles à frire d'un air sadique. Faut dire qu'Austin a enlevé son casque pour être plus à l'aise. Il est encore plus ébouriffé que d'habitude, ce qui le fait ressembler à Einstein.

« Attention pour choquer ! » annonce Austin en jetant en dernier regard à l'assistance.

Solennellement, les bras en l'air, Einstein enfonce le bouton vert de la palette de droite pour faire monter la charge. Le sifflement du défibrillateur monte dans les aigus avant de plafonner, indiquant que la charge maximum est disponible. Alors, sans se faire d'illusion sur les chances de survie de son protégé, Einstein applique les palettes de part et d'autre du thorax dépouillé et envoie les quatre cents joules préconisés par les consensus de la réanimation moderne.

La nausée lui monte au cœur. Elle se sent poussée dans un tube blanc qui lui rappelle quelque chose, un tube de dentifrice peut-être ? Une voix, qui semble venir de nulle part, l'invite à se détendre, ce qui lui procure la sensation étrange de vivre sa première mission dans l'espace. Elle est sur un plateau mouvant, soumise et immobile. Son ventre lui fait affreusement mal depuis quelques minutes et son bras, qui la gêne, est coincé par quelque chose de souple mais résistant. Soif, elle a très soif. Jamila donnerait n'importe quoi pour boire un peu d'eau. « Attention, ne bouge plus ! » La voix, cassante, reprend à quelques centimètres de son visage et résonne dans sa tête. Mais ce n'est rien comparé à ce qui suit. Un bruit de perceuse ou de marteau-piqueur, probablement des travaux. On s'attaque à la cloison de son appartement. Non, elle ne doit pas être dans l'espace finalement, ce monde de spectres blancs qui se croisent et se figent dans un lieu surdimensionné ne peut être celui d'une navette spatiale. C'est un monde qui ne lui est décidément pas inconnu et qui la connaît. On la tutoie, on la cajole, on la réconforte, mais où donc est son Austin, cette touffe de cheveux fous qu'elle a fini par chérir ?

« JD ?

– Ouais ?

– Jamila…

– Ouais, alors, t'as quelque chose ?

– Un extradural[28]… pas gros. Je ne pense pas que ça demande un geste !

– Où ça ?

– Pariétal droit, pas d'effet de masse. Franchement, c'est pas méchant !

– Bon, fait Grand Chef en soupirant, ça t'ennuie d'envoyer les images à Grenoble ? J'aimerais savoir ce qu'ils en pensent à la faculté ? »

En prononçant ces derniers mots, Grand Chef prend son air mielleux, agacé d'être obligé de se référer aux pointures du CHU qu'il a tendance à considérer, par principe, comme des créatures un peu trop pédantes.

« Pas de souci, c'est comme si c'était fait !

– À part ça, autre chose ?

– Trois côtes à droite et deux branches du pubis… pareil… pas d'intervention, mais c'est encore à droite.

– Ben, qu'est-ce tu crois ? Priorité à droite, pas la peine de te faire un dessin ! »

Grand Chef raccroche, pensif. Un sentiment contradictoire l'anime. Il a, comme d'habitude, envie de garder Jamila dans les murs de son hôpital, qu'il considère un peu

28 - Épanchement de sang entre un os du crâne et la dure-mère du cerveau.

comme sa maison. Et puis, Jamila fait partie de ceux qu'il considère. Une énergie contenue, vive et toujours d'humeur égale. L'une des rares à savoir serrer les poings dans les poches et la fermer quand Pestoux pète un câble au bloc opératoire, mais qui sait l'ouvrir quand il le faut. Jamila est aussi la seule infirmière du bloc qui parvienne à le faire marrer, lui qui a une telle réputation de pisse-vinaigre. Par expérience, il sait que c'est toujours un peu délicat de garder le personnel que l'on connaît dans son service. On se retrouve à nu – au propre comme au figuré – face aux collègues de boulot, ce qui peut être mal vécu. Surtout, il y a cet extradural, qui pourrait avoir la mauvaise idée d'évoluer défavorablement. Ce serait bien présomptueux de sa part de prétendre être à la hauteur des services de neurochirurgie des hôpitaux universitaires pour prendre en charge ce genre de pathologie. Il n'a pas pour autant une confiance aveugle dans ces grosses structures sans âme, où l'on est censé trouver la réponse ultime, le savoir-faire irréprochable et l'expérience des meilleurs spécialistes. Il en vient et connaît la machine. Tous les avantages se retrouvent contrebalancés par d'autres effets pervers : lourdeur administrative et logistique, suivi hétérogène et déshumanisation des patients qui ne s'y retrouvent plus.

On frappe à la porte. Magalie passe sa petite bouille satisfaite par l'entrebâillement.

« La radio de contrôle du drain est faite, docteur Vidal. Vous voulez la voir ?

– Vas-y, montre ! »

Magalie entre en faisant apparaître, comme par magie, la radio qui était cachée dans son dos et vient la glisser sur le négatoscope, aussi fière que si c'était elle qui avait posé le drain.

« Ça m'a l'air bien, qu'est-ce que vous en pensez docteur ?

– Pas mal, approuve Grand Chef, en caressant son menton mal rasé, indice d'une astreinte de nuit animée. Il doit mieux respirer, non ?

– À merveille. Il a déjà envie de faire sa valise.

– Je voudrais bien voir ça ! S'il nous fait le coup, je lui clampe son drain, couic ! Ça va le calmer. Tu m'diras… ça nous fera un lit !

– Ah bon, on attend quelqu'un ?

– Tu n'es pas au courant ?

– Pas vraiment, de quoi s'agit-il ?

– Jamila s'est emplafonné une camionnette, en descendant la Mollard !

– Non ?

– Si !

– Et alors ?

– Un extradural, des côtes, un bassin et la tête… comme un compteur à gaz.

– Oh, la pauvre, ce n'est pas de sa faute j'espère ? demande Magalie, qui vient d'esquinter la portière de sa voiture en sortant de son garage.

– Priorité… brûlée.

– Elle a brûlé une priorité ?

– Mais non, l'autre…

– Oh, mince !

– Voilà ce que c'est de faire des infidélités, se permet d'avancer Grand Chef en arborant un ton réprobateur.

– Oh, ce n'est pas très gentil de dire ça. En plus vous n'en savez rien, docteur Vidal. Qu'est-ce qui vous permet de dire cela ?

– Excuse-moi, mais avec son petit vélo, depuis la Mollard, je ne vois pas de chez qui d'autre elle pouvait revenir ? »

À moitié convaincue, Magalie fait la moue. Les relations ambiguës qui existent entre Austin et Jamila ne sont un secret pour personne et Jacques-Henry, même s'il est un peu jaloux, respecte cette situation. Il a toujours eu pour Austin, qu'il a pris dans son service à ses débuts, les égards d'un grand frère.

« Il est au courant ?

– Ça m'étonnerait, aux dernières nouvelles, ma petite Magalie, le Super Power, il était à mac 12, en transfert sur Annecy… un coronaropathe à dilater.

– Et son mari ? s'inquiète Magalie.

– À qui ?

– Ben, à Jamila.

– Je pense qu'ils l'ont prévenu, aux urgences, mais ce n'est pas du genre à s'affoler plus que ça pour sa femme. Question de culture.

– Alors là, je vous trouve sordide ! Plus rien ne m'étonne », s'insurge Magalie, habituée aux provocations xénophobes de son chef de service.

Grand Chef adore jouer les racistes de base, histoire de

faire sortir Magalie – qu'il trouve un peu trop enclavée dans son incurable éducation judéo-chrétienne – de ses gongs.

Elle s'était fait piéger avec une facilité incroyable. Ils glissaient depuis une bonne heure sur le glacier, plus ou moins poussés par les rafales de vent qui, fort heureusement, étaient dans le bon sens. Aline s'était arrêtée deux minutes pour nettoyer son masque, laissant Tornado filer devant. La violence du vent et les particules de neige durcie lui brûlaient le visage. Elle était moulue. Un peu désorientée, Aline avait dû sortir de la trace, sans s'en rendre compte. Et c'est là – alors qu'elle avait baissé sa garde et qu'elle laissait ses pensées revenir sur les heures difficiles vécues plus haut –, c'est là, en une fraction de seconde, que le glacier, à l'affût des retardataires, l'avait happée sans un bruit. Elle était passée à travers le pont de neige qui recouvrait une crevasse inclinée. Pas un cri n'avait pu sortir de sa bouche. C'est son ski droit qui avait disparu le premier, le reste avait suivi : tête première, elle avait filé une dizaine de mètres plus bas. L'étroit conduit s'était refermé sur elle, lui comprimant cruellement la cage thoracique.

Sharlone vient d'effectuer son BIF sans trop de problèmes. Finalement, c'est pas bien compliqué. On baisse un peu le pantalon – ou du moins ce qu'il en reste – pour dégager le pli de l'aine et, à l'aide d'une aiguille spéciale très longue et très fine, on injecte vingt milligrammes de Lidocaïne dans la région du plexus nerveux par lequel passent les fibres sensitives de la cuisse. Ça permet d'anesthésier la zone pendant une bonne heure. Frank tente à présent de tracter la hanche vers le haut comme le lui a expliqué Sharlone. Elle et Gabriel appuient énergiquement de leurs deux mains sur le bassin pour faire contre-pression. Sharlone en est persuadée : le fait que son bloc n'ait été d'aucune efficacité et vu la configuration de la hanche qu'elle a examinée d'un peu plus près, ça ne peut être qu'une luxation. Elle a ajouté de quoi le shooter encore un peu : cinquante milligrammes de kétamine et deux ampoules de midazolam dans le cathéter osseux, histoire de se donner une chance, même si réduire une hanche ici peut sembler impensable. Alors que Frank pousse un cri d'encouragement en tirant la hanche vers le haut, une horrible sensation leur glace le sang… Le sérac sur lequel ils se trouvent depuis trois quarts d'heure vient de bouger !

« Oh ! les gars, vous avez senti ? » s'alarme Gabriel, blanc comme un linge.

Les autres n'ont pas le temps de répondre, un deuxième craquement sinistre, plus net, s'ensuit…

Fluide glacial

Un filet d'eau froide suinte, canalisé par une rigole. En quelques secondes, le fluide glacial pénètre sous sa veste et s'insinue le long de son corps, profitant des moindres interstices pour s'écouler malicieusement entre les couches et lui brûler la peau. Le choc thermique est si brutal que ses poumons se figent. Elle veut crier, mais seul un faible gémissement s'échappe de sa bouche. Un étau l'oppresse, intransigeant, comme si le pied d'un géant lui écrasait la poitrine. Deux minutes plus tôt, elle avait presque chaud en poussant sur ses bâtons pour essayer de suivre les autres. Maintenant, les millions de petites artérioles qui parcourent la surface de sa peau se rétractent et font refluer le sang vers le centre du corps pour sauvegarder les organes vitaux. Après cette phase brutale, insupportable, de quelques minutes, son corps commence à frissonner. Un soupçon d'énergie lui procure un peu de force qu'elle tente d'exploiter en poussant un cri. Ils ne sont peut-être pas loin ? Tu parles… Un cri de misère, noyé dans la tornade. Peine perdue. Aline remue le haut du corps et sent aussitôt avec horreur qu'elle s'enfonce de quelques centimètres supplémentaires. Sa peau, anesthésiée par le froid, est devenue insensible. Des images curieuses, opaques et ondulées, prennent possession de son subconscient, comme la fumée envoûtante de la cigarette du condamné. Il faut se rendre à l'évidence, son corps commence à se soumettre à l'irrémédiable sort qui l'attend : la mort blanche… Elle sait ce que cela veut dire. Les livres qu'elle a dévorés, petite, en parlent sans cesse. Le temps s'étire, les secondes s'allongent à n'en plus finir. Les frissons s'interrompent doucement, annihilés par l'épuisement. Les battements de son cœur deviennent l'unique pulsion sur laquelle reporter ses derniers espoirs. Le rythme sourd et profond est devenu insensible aux décharges d'adrénaline qu'elle secrète désespérément, sous l'effet du stress qui l'a inondé quelques minutes plus tôt.

Zen et Tornado, mollement suivis par Filou, luttent contre les rafales, comme deux loups dans la tempête sur une piste effacée. La tête rentrée dans les épaules, le corps déformé par l'effort, ils tâtonnent à la recherche du moindre indice. Dans l'esprit de Tornado, tout se bouscule. Simple fausse alerte ? Allaient-ils la retrouver là, prostrée sur son sac à dos en train de les attendre, tout bêtement ? Pourquoi n'appelait-elle pas ? Tornado commence à regretter sérieusement de l'avoir dépassée, quelques instants plus tôt. Il l'avait si bien surveillée jusqu'ici. Pourquoi fallait-il que ça arrive maintenant, dans cette partie du glacier si rassurante d'ordinaire ? Rempli d'amertume, il repense à elle, épuisée sur le bas des séracs, contrariée de ne pouvoir être à la hauteur, sans cesse alpaguée par Zen qui ne semble plus rien vouloir lui concéder depuis quelque temps. Tornado en veut un peu à son pote. Aline n'est pas très excentrique, mais c'est une chouette nana. Toujours souriante et disponible pour rendre service. Elle a un petit côté ingénu plein de charme. D'un seul coup, Tornado se rend compte qu'il en parle comme si elle était morte ! Non, Aline n'est pas morte, même si Zen râle de plus en plus, en tentant de masquer son inquiétude.

Jeanne frappe délicatement, soucieuse de ne pas le déranger : des fois qu'il dorme encore, démoli par une de ces nuits infernales. Tout doucement, elle pousse la porte – une porte qui n'est jamais fermée – et jette un coup d'œil circulaire. Rien – excepté deux grands yeux verts qui la fixent – ne semble bouger là-dedans. Planqué sous le canapé du petit salon, Patpanic monte la garde. Jeanne a sous le bras une vieille boîte à trompette, un peu râpée mais encore en état. Jeanne, c'est la championne de la récup. Elle vient de pédaler dur, de maison en maison, avec son gros vélo de service, harnaché de trois sacoches, deux derrière et une devant. La tignasse blonde nouée en cactus sur la tête, le nez dans la bise et les joues rafraîchies par son départ matinal, Jeanne a distribué le courrier dans tout le quartier. Pas un recoin du bled ne lui est inconnu ! Particulièrement curieuse et observatrice, Jeanne connaît tout des rumeurs, des disputes de voisinage et des rancœurs de son secteur.

Elle s'intéresse tout particulièrement aux histoires de cœur et encore plus aux histoires de cul, pour lesquelles elle a un regard philanthropique, voire une âme charitable quand il lui est possible d'y contribuer. N'ayant jamais été formatée à la pudicité et n'étant pas née sous le signe de l'abstinence, Jeanne jouit d'une certaine décontraction à ce sujet. Elle a déjà avoué sans complexe à Austin qu'elle ne faisait pas toujours que déposer le courrier quand elle effectuait sa tournée, surtout qu'elle a une bonne paire de nichons, la Jeanne, bref, une factrice à croquer. « Qui me veut me prend », s'amuse à lui chantonner Austin pour la mettre en boîte. Elle n'aurait pas été contre lui offrir quelques petits câlins, à son protégé, mais curieusement, Austin est un des rares avec qui elle préfère garder des rapports strictement sentimentaux.

Son hobby, à Jeanne, c'est de récupérer tout ce qui est abandonné dans la rue, les vieilles affaires dont veulent se débarrasser les gens, le plus souvent friqués. Tout l'intéresse et est susceptible de s'entasser dans la petite ferme que sa grand-mère – qui, complètement sénile, vit encore avec elle – lui a donnée. Cet endroit est devenu une sorte de vide-greniers permanent, où l'on peut venir se servir à toute heure. La mémé garde le tout et l'on négocie avec elle le prix, le plus souvent dérisoire, des trésors abandonnés.

Voyant la porte de la chambre ouverte, Jeanne en déduit que son ébouriffé n'est pas là. Elle rentre, car chez elle c'est une manie : il faut qu'elle range ce qui n'est pas à sa place. Pourtant, dans sa maison à elle, c'est le souk !

Jeanne pose la mallette à trompette bien en évidence sur la table basse en bois brut, fière de sa trouvaille, et prend deux minutes pour faire un peu de vaisselle. Elle en profite pour éteindre le four qui est resté allumé, « une sale manie, il va finir pas faire cramer la baraque » pense-t-elle, impuissante. Austin a pris l'habitude de faire son pain lui-même et il en a brûlé quelques-uns avant d'y arriver. Jeanne fait couler l'eau dans l'évier pour décalaminer les contours, nettoie les deux verres à bière abandonnés à leur triste sort en jetant un coup d'œil sur l'écran de l'ordinateur, resté allumé sur le bureau de la chambre. Craignant les bestioles gluantes et visqueuses, elle sursaute : un lézard semble collé dessus, immobile et agressif. Elle pose le verre qu'elle est en train d'astiquer, s'essuie délicatement les deux mains dans le torchon et se rapproche doucement du bureau pour ne pas effrayer la bête. Quelle nouille ! La qualité de la photo est tellement bonne qu'elle a bien failli se faire avoir. Une espèce de salamandre colorée l'observe, plus vraie que nature. Se sentant un peu ridicule, Jeanne ne regrette pas d'être seule à cet instant. On se serait encore bien foutu de sa tronche. Qu'est-ce qu'il fait l'autre idiot avec ce genre de truc sous le nez ? C'est pourtant pas le style de photo que l'on met sur un fond d'écran. Quoique, avec ce démon bizarroïde, tout est possible... On a constamment l'impression que ce garçon flotte au-dessus du sol, posant le pied de temps à autre, histoire de garder un minimum de contact avec la réalité, prendre des nouvelles de son monde adoptif. Cette passion incurable qu'il a pour le froid, l'apoplexie, la cryptomachin, la « cachaloplexie » comme elle lui a sorti un jour, et tous ces noms savants qu'elle tente de retenir sans succès…

« Arrête de masser ! » ordonne Austin, les yeux rivés sur l'écran. Il a vraiment du mal à décrypter le tracé, à cause du contre-jour et surtout, des traces de doigts qui s'étalent sur ses lunettes.

« Qu'est-ce que ça dit ? interroge Jalabert, en fixant le tracé comme s'il était cardiologue.

– Incroyable ! Il est reparti, comme dans les séries télé. Bravo Jab, t'es une bête ! Regarde, il reprend un peu sa tête de *looser…* »

Comme pour confirmer ses dires, Duranton s'arrête de convulser presque instantanément. Son visage perd aussitôt cette lividité propre aux morts vivants, qui signe le grand départ vers l'outre-tombe.

« Ouah ! Dis donc… Il a repris des couleurs le bougre, s'exclame Jalabert, assez fier de lui. C'est pas tous les jours qu'on en récupère un comme ça ! Attends, tu vas voir, dans dix secondes, il va se remettre à nous péter les couilles, tu paries ? » renchérit Jalabert, jovial.

Duranton interroge Austin du regard et semble vouloir lui dire quelque chose. Austin ôte son casque et se penche pour tendre l'oreille… Il lui répond quelque chose que

Jalabert ne comprend pas.

« Qu'est-ce qu'il t'a dit ?

– Il m'a dit : Ouah, quel coup d'chaud !

– Oh, non ! c'est pas vrai ! s'esclaffe Jalabert halluciné. Et alors, tu lui as répondu quoi ?

– Je lui ai dit qu'il avait dû s'endormir et que j'allais demander au pilote de baisser le thermostat.

– Oh ?

– J'ai pas voulu l'affoler, le pauvre !

– J'aimerais bien savoir l'impression que ça fait de se voir partir et de revenir aussi sec, comme si t'avais oublié quelque chose… commente Seb qui n'a pas dit grand-chose jusqu'à maintenant.

– Je ne sais pas, je lui demanderai tout à l'heure s'il a vu le bout du grand tunnel, tu sais, la lumière blanche. Ils disent tous ça ! Bon, c'est pas tout, il serait temps que je lui remette de la Xylo[29], s'agirait pas qu'il nous refasse le coup. Seb, sors-moi la poche à injectable de mon sac !

– OK, toubib ! répond Seb, heureux de pouvoir servir à quelque chose. Au fait, c'est pour quoi faire ?

– Éviter qu'il nous refasse le même coup. C'est un antiarythmique ! »

Vince, qu'on n'entendait plus, refait surface.

« On se pose dans trois minutes les gars. Visiblement, ils vous attendent. »

Le tout nouvel hôpital d'Annecy vient d'ouvrir ses

29 - Lidocaïne, antiarythmique.

portes. Un outil de travail fantastique qui a coûté la peau des fesses, comme toujours. Seul petit détail, les architectes ont juste oublié de le doter d'une DZ sur le toit, ce qui fait qu'au lieu de se poser et de transférer son malade directement en salle de déchoquage au moyen d'un ascenseur, comme cela se fait un peu partout, on doit avoir recours à une ambulance pour faire un bout de trajet ridicule. À cela, s'ajoute le fait que l'ambulance doit faire une manœuvre délirante pour remonter la rampe – bien trop étroite pour la largeur d'une camionnette – en marche arrière. Reste à transférer le patient depuis l'hélico dans l'ambulance, faire cent mètres, le décharger une seconde fois dans le sas des urgences et le trimballer dans les couloirs et les ascenseurs pour livrer enfin le colis aux soins intensifs. On se demande parfois s'il ne faut pas plus de temps pour aller de la DZ aux soins intensifs que pour ramener le malade de la montagne.

Dans le couloir des USIC[30], Austin observe une dernière fois son patient qui disparaît. Un miracle. Reparti sous ses yeux à coup de gégène. Comme en quarante. Un de ceux qui fera rebondir les pourcentages de réanimation réussie des sédentaires stressés de moins de soixante ans. Embarqué par deux ouvrières énergiques de la chaîne hospitalière affublées de casaques bleues et de couvre-chef du même acabit, Duranton leur fait un dernier coucou timide de la main, le regard coupable d'un repris de justice. Allongé sur son brancard, son faciès exprime assez bien ce qu'il doit ressentir à

30 - Unités de soins intensifs de cardiologie.

cet instant : l'impression d'être embarqué pour l'abattoir...

« Dire qu'il y a une heure, il était en train de s'éclater dans la vallée Blanche avec ses potes ! »

Austin avait dit ça à Jalabert, tout en regardant disparaître le lit derrière la porte battante du sas.

« Tu veux dire qu'il y a une demi-heure, il était mort, oui ! rectifie Jalabert. On peut dire qu'il est passé de l'autre côté. D'ailleurs, on a oublié de lui demander ce qu'il avait pu voir de là-bas d'ssous.

– Ouais, en voilà un qui pourra déposer un cierge !

– Ça, tu peux le dire ! Celui-là, on l'a quand même tiré d'affaire, non ?

– Attends voir, c'est pas gagné ! Faut encore qu'ils arrivent à lui déboucher les coronaires...

– Ah ouais, faut lui déboucher les tuyaux ! ajoute Jalabert.

– Comment ça "déboucher les tuyaux ?" demande Seb, interloqué.

– Ben oui, tu sais moi, la plomberie, ça me connaît. D'ailleurs, quand j'arrive pas à déboucher un tuyau, j'y mets du Destop, ça le fait bien ! explique Jalabert, hilare. C'est pas ce que vous faites avec votre produit ?

– La thrombolyse, tu veux dire ? Ouais, t'as raison, la thrombolyse c'est le Destop du toubib ! confirme Austin en se marrant. Tu sais que tu pourrais t'y mettre à la médecine, tu ferais un malheur !

– On utilise vraiment du Destop ? » interroge Seb, un peu largué.

Austin prend quelques secondes de réflexion de manière

à trouver une description suffisamment claire et imagée de l'angioplastie pour éviter que Seb ne visualise une horrible scène de torture. Puis, tout en lui refilant le scope, il essaye de répondre avec toute la patience du vieux prof qui rabâche la même sauce à ses élèves depuis trente ans.

« Voilà, le cœur est un muscle, et pour se contracter et jouer son rôle de pompe, il doit être alimenté comme les autres muscles. Tu comprends ça ? Pour lui amener du sang et tout ça, avec plein d'oxygène, il a des petites artères qui le recouvrent et le nourrissent…

– Les coronaires, intervient Jalabert

– C'est ça, les coronaires ! Y'en a trois. Et quand l'une d'entre elles se bouche, le sang ne peut plus nourrir la partie du cœur qui est sous sa responsabilité. Capito ?

– Capito ! »

Chargé du matelas coquille, Jalabert, assez strict sur les horaires, en particulier quand il s'agit de ne pas rater l'heure du casse-croûte, indique du menton à Seb la direction à suivre pour reprendre l'ascenseur.

« Dans l'infarctus, et non pas l'infractus comme on le dit dans les chaumières, c'est ce qui se passe ! » continue Austin.

Tout en parlant, il se dirige lui aussi vers la sortie d'un pas décidé.

« La coronaire se bouche ou se resserre, plus ou moins, tout dépend du nombre de paquets de clopes que t'as fumé dans ta vie. Et là, couic !

– Couic ! confirme Jalabert en appuyant précisément, au

même moment, sur le bouton d'appel de l'ascenseur.

– Couic et plus de jus ! Le muscle ne dispose plus que de quelques heures pour trouver une solution, sans quoi il se nécrose *definitively, all right ?* »

Un gros noir costaud, probablement un agent de sécurité, apparaît dans l'ouverture de la porte, en affichant un large sourire. Austin se dispense d'en rajouter sur la nécrose.

« Quel étage ? demande-t-il avec l'autorité limitée dont peut se prévaloir un agent de sécurité.

– La sortie si possible, répond Jalabert avec un grand sourire jovial.

– Pour déboucher ce tuyau, continue Austin, on a deux techniques. Soit on envoie un produit détergent…

– Genre Destop, interfère Jalabert, toujours content de lui.

– Ouais exact, c'est la métalyse. Soit on les amène ici pour que les cardiologues leur dilatent les coronaires et leur mettent des petits ressorts dedans de façon à ce que ça ne puisse plus se resserrer. On appelle ça des "stents".

– Pourquoi on ne leur met pas du Destop à tous ? demande Seb, qui prend le gros noir à témoin.

– Eh ! c'est que ça coûte un saladier la métalyse, répond Austin en levant les mains au ciel, et puis ça ne débouche pas que les artères, ça peut faire saigner dans la tête. Faut la faire seulement quand on est sûr et quand il n'y a aucune contre-indication.

– Et pour mettre des ressorts, on fait comment ?

– On enfile des espèces de guides métalliques hyperfins

dans les artères et on remonte jusqu'au cœur…

– Argh ! c'est répugnant, s'exclame Seb, ça doit faire mal !

– Que dalle, à ce qu'il paraît. Une fois le guide remonté par l'artère radiale, c'est un travail d'artiste. On suit le bout du cathéter par radioscopie, et quand il arrive dans l'embouchure de la coronaire en question, on le remonte jusqu'à la sténose et on laisse le ressort en place avant de se tirer.

– Mon grand-père en a trois comme ça dans le placard, intervient à nouveau Jalabert, et je peux te dire qu'il a la patate. C'est vrai que pour arrêter de fumer, y'a pas mieux ! »

Le gros noir n'a pas l'air choqué par le discours, qui doit faire partie des murs de cet ascenseur. Les tuyaux, les stents et les prothèses valvulaires n'ont plus de secrets pour lui. D'un grand sourire, il débarque l'équipe dans le hall qui mène à la sortie.

« Faut pas traîner, Vince doit aller récupérer les gars à l'aiguille, s'inquiète d'un seul coup Jalabert qui n'y pensait plus. J'ai bien peur que le casse-croûte passe à la trappe.

– Oh ! tu rigoles ? J'ai cru comprendre qu'il n'avait pas envie d'y retourner.

– S'il ne remonte pas, ça va nous prendre la journée cette histoire, je te raconte pas s'il faut treuiller tout le monde depuis le sommet de l'arête.

– C'est Sharlone qui va être contente ! » ricane Austin, fier de son coup.

Jalabert lui met une calotte sur la tête pour le punir…

Sharlone regarde vers le haut d'un air désespéré. Près de cent cinquante mètres les séparent de l'arête autour de laquelle les nuages, ensorcelés, s'enroulent comme s'ils voulaient la soumettre aux forces du mal.

Frisson fatal !

Zen s'équipe avec détermination, cherchant à effacer de son esprit les remords qu'il sent poindre. La crevasse est fine. Les traces de skis sont déjà à moitié effacées par la nappe de neige qui lamine la surface du glacier, mais on voit bien qu'elles sont fraîches. Tornado s'est allongé à plat ventre, en prenant soin de planter ses deux skis en croix pour y amarrer une sangle. Il s'est accroché à la corde que Zen a nouée par un mousqueton à vis. Pour s'isoler du bruit du vent qui siffle dans ses oreilles, sa tête plonge dans le gouffre. Il appelle Aline, persuadé qu'elle est là, insiste et crie désespérément.

« Zen, j'entends quelque chose, comme un gémissement !

– T'es sûr, Tornado ?

– Je te jure ! Je crois voir quelque chose au fond, tu veux regarder ? »

Tornado replonge la tête et s'époumone à nouveau, mais aucun bruit ne lui parvient.

« Laisse-moi y aller, réplique Zen, on n'a pas le choix. C'est profond ? demande-t-il, surexcité par la situation d'urgence qui réclame le sang-froid d'un professionnel.

– J'en sais rien, c'est plutôt étroit. Ça part sous un bloc de neige, je ne vois pas en dessous ! »

Tornado se relève, en s'arc-boutant sur ses bras, aussi

vigoureux que s'il venait de faire une promenade de santé. Zen a sorti ses crampons. Exténué, Filou s'est assis deux minutes sur son sac pour reprendre son souffle. Il est un peu largué et le fait d'imaginer Aline au fond d'une crevasse dépasse son imagination. Pour lui, elle est tout simplement en train de galérer, en train de les rechercher dans la tourmente.

« J'y vais. Mouline-moi ! » ordonne sèchement Zen à Tornado.

Tornado retourne le demi-cabestan qu'il a confectionné sur son mousqueton à vis pendant que Zen se met sous tension. Tous les deux fixent des yeux l'amarrage pour voir s'il ne montre pas de signe de faiblesse. Mais ce dernier semble solide. Zen disparaît aussi sec sous la glace, le visage crispé.

« Doucement, doucement Tornad… »

Tornado voit la corde s'enfoncer dans la berge de la crevasse et scier la glace qui apparaît sous quelques centimètres de poudre. Il laisse filer tout en essayant de tendre l'oreille, mais le vent continue de faire un boucan d'enfer.

« Filou, ramène ta fraise ! Faut que tu t'allonges pour entendre ce qu'il dit, je ne vois pas ce qu'il fait d'ici… »

Filou s'approche en hésitant, ne sachant pas bien où s'accrocher. Tornado lui montre la sangle du regard. Après une bonne dizaine de secondes, Filou est aplati comme une carpette le nez dans la crevasse.

« Alors Filou, tu le vois, merde ? demande Tornado qui perd patience.

– Il est là… pas loin. Je crois qu'il a trouvé quelque chose.

– Qu'est-ce qu'il dit ?

– Y dit rien pour le moment, il a l'air de bricoler quelque chose. »

Après d'interminables minutes Filou s'exclame.

« Ça y est !

– Ça y est quoi ? Qu'est-ce qu'il veut ? Faut que je remonte la corde ? demande Tornado, exaspéré.

– Non, il remonte, il a mis son *ropeman*[31]… Faut que tu bloques la corde pour qu'il puisse remonter, Tornado ! »

Tornado fait un nœud de mule pour bloquer son demi-cabestan.

« T'as trouvé quelque chose ? hurle Filou vers le bas à l'attention de Zen.

– Il l'a trouvée.

– C'est pas vrai ? »

Son premier moment de joie est aussitôt estompé par un sentiment plus sordide qu'il ne peut s'empêcher de sentir remonter dans le ventre…

« Elle… elle va bien ? s'inquiète Tornado.

– Elle va bien ? demande Filou à Zen.

– Pas de réponse… »

Zen finit par sortir la tête. Il enjambe la lèvre de la crevasse en poussant un cri rauque, à bout de souffle.

« Vite, faut la tirer ! Je l'ai vachée sur le bout de la corde, la pente est inclinée en dessous ! parvient-il à dire à ses deux copains en essayant de reprendre sa respiration.

31 - Petite poulie autobloquante.

– Elle est comment ? demande Tornado, qui n'en peut d'être tenu hors du coup.

– Elle est inconsciente, mais elle respire. J'ai pas l'impression qu'elle se soit cognée très fort, mais elle était à l'envers, couchée dans l'eau. J'en ai chié pas possible pour la remettre à l'endroit, elle était complètement coincée…

– Vite, faut appeler les secours, remarque avec pragmatisme Filou.

– Non, faut la sortir tout de suite ! proteste Zen avec autorité, comme fou. Faut la sortir d'abord, à trois ça devrait le faire.

– Et les skis, ça va pas la coincer ? demande Filou.

– Tu rigoles, rien à foutre des skis ! Je les ai balancés ! »

Après s'être rapidement mis en position favorable, les trois copains commencent à la hisser. Zen a décidé de faire sans mouflage, pas de temps à perdre ! Elle n'est qu'à une dizaine de mètres et, après quelques minutes d'efforts surhumains Tornado réussit à la choper par le revers de sa veste. Il la tire sur le plat et s'agenouille sur elle pour regarder son visage. Déformé par son métier, il regarde ses pupilles légèrement dilatées et note d'emblée qu'elles sont symétriques, mais Aline semble inanimée. Le vent l'empêchant d'entendre sa respiration, il ôte son gant et glisse sa main dans le col de son polo pour aller la placer sur sa poitrine afin de voir si elle se soulève sous l'effet d'un souffle. Ne sentant rien, il commence à paniquer et regarde les deux autres d'un air ahuri.

« Elle bouge pas, je la sens pas respirer ! »

Au même moment le corps d'Aline se met à convulser.

« Putain, merde ! Elle se met en arrêt ! » crie Tornado et, mu par un réflexe de sauveteur qu'on ne cesse de lui inculquer depuis qu'il a commencé ses études de médecine, met ses deux mains sur son thorax et démarre le massage…

« Zen, appelle les secours ! Vite ! »

À suivre…

Achevé d'imprimer en France en avril 2011 par Hérissey,
sur papier provenant de forêts gérées de manière durable.